작가의 루틴

■ 소설 쓰는 하루

작가의 루틴—소설 쓰는 하루

지은이 김중혁, 박솔뫼, 범유진, 조예은, 조해진, 천선란, 최진영
펴낸이 임상진
펴낸곳 (주)넥서스

초판 1쇄 발행 2023년 1월 15일
초판 3쇄 발행 2023년 4월 20일

출판신고 1992년 4월 3일 제311-2002-2호
10880 경기도 파주시 지목로 5 (신촌동)
Tel (02)330-5500 Fax (02)330-5555

ISBN 979-11-6683-419-6 03810

www.nexusbook.com
&(앤드)는 (주)넥서스의 문학 브랜드입니다.

작가의 루틴

■■ 소설 쓰는 하루

김중혁	박솔뫼
범유진	조예은
조해진	천선란
최진영	

&

차례

깨진 루틴: 1981-2022

김중혁

김중혁

2000년 《문학과사회》로 등단했다. 소설집 『펭귄뉴스』『악기들의 도서관』『1F/B1 일층, 지하 일층』『가짜 팔로 하는 포옹』, 장편소설 『좀비들』『미스터 모노레일』『당신의 그림자는 월요일』『나는 농담이다』『딜리터』, 시리즈 소설 『내일은 초인간』, 산문집 『뭐라도 되겠지』『모든 게 노래』『메이드 인 공장』『바디무빙』『무엇이든 쓰게 된다』『오늘 딱 하루만 잘 살아 볼까?』 등이 있다. 김유정문학상, 젊은작가상 대상, 이효석문학상, 동인문학상, 심훈문학상 대상을 수상했다.

1981 나무를 비껴간 최초의 루틴

　우리 집은 골목이 시작되는 곳에 있는 구멍가게였다. 동네로 들어오려면 가파른 언덕을 올라야 했는데, 언덕을 힘겹게 올라온 사람들은 가쁜 숨을 몰아쉬면서 물건을 집었다. 과일도 있었고, 라면도 있었고, 콜라도 있었다. 숨도 돌리고 장보기도 끝낸 사람들은 골목으로 사라져 갔다. 골목의 폭은 2미터 남짓이고, 골목 옆으로는 또 다른 작은 골목이 나무의 가지처럼 뻗어 있었다. 혈관처럼 보이기도 했다. 골목 끝까지 걸어가면 작은 야산이 나오고, 야산을 넘어가면 가난한 사람들의 집이 있었다. 가난한 우리 집보다 더 가난한 사람들. 골목 끝까지 걸어가는 일은 드물었다.

언덕 초입에는 교육청이 있었다. 웅장하지만 멋없어 보이는 건물, 철조망으로 두른 건물이었다. 테니스장도 있었다. 언덕을 올라가다 보면 하얀색 옷을 입은 사람들이 테니스 치는 모습이 보였다. 5분이면 올라가는 거리지만 지겹고 무료하므로 테니스 치는 모습을 보면서 천천히 올라갔다.

학교 갈 때는 언덕을 천천히 내려갔다. 쥐고 있던 걸 떨어뜨리면 굴러 내려가 찻길로 들어간다. 연필이 데구르르 굴러간다면, 계란이 굴러간다면, 나도 데굴데굴 굴러간다면, 찻길로 들어가게 될 것이다. 지나가던 차들은 멈추지 못하고 나를 밟고 지나갈 것이다. 그런 생각이 들면 더욱 천천히 걸어 내려갔다. 언덕에는 커다란 나무가 한 그루 있었다. 나무는 높고 풍성해서 철망 건너편의 테니스장까지 그늘을 드리웠다. 나무가 무서웠다. 거대한 코끼리가 식물로 변해서 거기 서 있는 것 같았다. 나무 뒤에 누군가 숨어 있는 것 같았다. 학교 끝나고 아이들과 신나게 놀다 집으로 돌

김중혁

아올 때가 더 무서웠다. 날이 어둑어둑해지고 나무의 그림자가 길어지면 온갖 그림자들이 나무 뒤로 숨었다. 그림자가 얽혀 있어서 형체를 구별하기 힘들었고, 어디까지가 나무고 어디까지가 괴물인지 상상하기 시작했다.

다른 길로 돌아갈 수는 없었다. 다른 길로 돌아올 수도 없었다. 커다란 나무 뒤에 뭐가 있을지 상상하면서, 커다란 나무로부터 가장 멀리 떨어져 걷는 궤적을 선택했다. 두려움에 떨면서 나는 이야기를 만들어 냈다. 나무 뒤에는 거대한 동물이 숨어 있다. 동물은 거대한 몸을 감추기 위해 이 나무를 선택했다. 내가 걸어가면 동물은 나무 뒤로 간신히 숨고, 절묘한 각도로 동물은 들키지 않는다. 내가 빨리 뛰어가면 동물도 빠르게 나무 뒤로 숨는다. 한 번도 동물을 보지 못했지만, 나무 뒤에는 분명히 동물이 살고 있다. 집으로 돌아오는 길, 어둑어둑한 언덕을 올라가며 나무 뒤에 살고 있는 동물과 인사했다. 인생 최초의 루틴이 만들어졌다.

1985 라디오 루틴

속도가 관건이었다. 지금 라디오에서 흘러나오는 곡이 내 취향인지 아닌지 재빨리 판단해야 했다. 통째로 녹음할 수도 있지만 그러려면 수많은 테이프가 필요했다. 그럴 돈이 없었다. 돈이 있더라도 나는 재빨리 녹음 버튼을 누르는 방식을 선호했을 것이다. 어쩐지 서부의 총잡이 같다. 전주를 듣고 선택한다. 누를 것인가 말 것인가.

때로는 DJ가 바람을 잡을 때도 있다. 지금 들려드릴 노래는 명곡이고, 놓쳐서는 안 될 곡이고, 음악 역사에서 무척 중요한 순간에 만들어진 것이다. 그럴 때는 일찌감치 녹음 버튼을 누를 수 있었다.

반 헤일런의 노래 〈Jump〉가 라디오에서 흘러나오던 순간 기절할 것 같았다. 신시사이저 소리가 작은 스피커를 터뜨릴 것처럼 흘러나왔다. 뭔가 내 삶의 중요한 순간이 막 시작될 것 같았다. 더 카스의 〈Drive〉가 흘러나올 때도 정신이 아찔해졌다. 자동차 운전을 할 줄도 모르는데 드라이브하는 기분을 알 것 같았다. 먼 훗날 직접 운전을 하면서 이 노래를 들었을 때, 1985년을 떠올리기도 했다. 신디 로퍼의 〈Girl Just Want To Have Fun〉을 들으면서는 춤을 췄던 것 같다. 듀란듀란의 〈The Reflex〉를 들을 때는, 내가 아주 멋진 사람이 된 것 같은 착각이 들었다. 이런 노래를 들으면서 나는 삶을 즐기고 있다. 음악을 사랑한다. 나는 평생 음악을 떠나지 못할 것이다. 코리 하트, 로라 브래니건, 존 웨이트, 톰슨 트윈스의 노래를 들었다.

라디오를 듣는 건 규칙적으로 외부와 통신하는 의식이었다. 경상북도 김천시에서 산다는 것은 일종의 고립된 곳에 갇혀 지내는 삶이었다. 레코드 가게가 하나뿐이어서 음반을 사기 힘들었고, 공연을 보려면 1시간 거리의 대구로 가야 했다. 잡지를 구독하는 건 나를 고문하는 것이나 마찬가지였다. 그림의 떡이었다. 음악의 아름다움을 묘사한 글을 읽으면 뭐하나, 음악을 구할 수가 없는데. 매일 같은 시간에 팝 음악을 소개해 주는 라디오 방송이 있다는 건 기적 같은 일이었다. 황인용, 전영혁 같은 DJ들이 내게는 외계인이었다. 노래로 그들과 소통하는 수밖에 없었다.

I come home in the morning light

My mother says, "when you gonna live
your life right?"

Oh, mother dear, we're not the fortunate
ones

And girls they want to have fun

Oh, girls just want to have fun

The phone rings in the middle of the night

My father yells, "what you gonna do with
your life?"

Oh, daddy dear, you know you're still
number one

But girls they want to have fun

Oh, girls just want to have fun

　　　　　　　　-신디 로퍼, 〈Girl Just Want To Have Fun〉

집에서 벗어나고 싶었지만 고등학교를 졸업하려

면 앞으로 3년이나 더 기다려야 했다. 앞으로 어떤 삶이 펼쳐질지는 모르겠지만, 지금보다 나은 삶이 기다리고 있을 게 분명했다. 즐겁길 바랄 뿐이었다. 학교에 가서 라디오를 듣고, 집에 와서도 라디오를 들었다. 멋진 노래가 나오면 재빠르게 녹음 버튼을 눌렀고, 녹음한 테이프를 여러 번 들었다. 반복적인 그 행동이 나를 살렸다.

1989 CD와 고등어

<u>월요일</u>에는 늦잠을 잔다. 수업에 늦는다.

<u>화요일</u>에는 겨우 정신을 차린다. 수업을 끝내고 총학생회 사무실에 들러서 간단한 일을 처리하고, 술을 마시러 간다. 안주는 고갈비(술집에서 파는 저렴한 고등어 소금구이를 이렇게 불렀다). 선배들이 사 주는 술을 얻어먹는다.

<u>수요일</u>에는 도서관에 가서 하루 종일 책을 읽는다.

<u>목요일</u>에는 대구 시내에 있는 시네마테크에 가서

하루 종일 영화를 본다. 저녁에는 학교 근처에 가서 선배들이 사 주는 술을 얻어먹는다. 안주는 다시 고갈비.

금요일에는 선배들과 역사 공부를 하고 술을 먹는다. 안주는 아마도 고갈비.

토요일에는 대구에서 1시간 거리의 고향 김천으로 간다. 어머니를 만나고 맛있는 걸 먹는다.

일요일에는 어머니에게 일주일 치 용돈을 받는다. 자취방으로 돌아와서 가방을 던져두고 음반 가게로 달려간다. 음반 가게 주인아저씨와 최근 음악 동향과 신보 이야기를 주고받다가 CD 한두 장을 사서 돌아온다. 저녁이 되면 학교 근처에 가서 CD 사고 남은 돈으로 친구들과 선배들에게 술을 산다. 아침 일찍 수업이 있는데 어쩌지, 걱정하면서 계속 술을 마신다.

월요일에는 늦잠을 잔다.

1992 규칙적인 근무 교대

보초라는 게 진짜 웃겨. 지나가는 사람이 거의 없

는데 거길 지키고 있는 거야. 만에 하나, 만의 만에 하나, 일반인이 들어오면 안 되니까 그걸 지키는 건데, 총까지 들고 서 있어. 총알도 들었어. 북한군? 걔들이 여기까지 어떻게 와. 철원이긴 해도 전방이 아니고 한참 떨어져 있는데. 그냥 형식적으로 서 있는 거야. 매일매일. 난 보초 서는 게 재미있었어. 낮이고 밤이고 그냥 서 있는 게 좋았어. 서서 뭐 하냐고? 그냥 이 생각, 저 생각, 여기도 보고 저기도 보고, 초점 없는 눈으로 서 있어도 괜찮아. 나 군대 갔다 와서 시력이 좋아졌잖아. 진짜야. 멀리 있는 녹색을 계속 보고 있었더니, 진짜 시력이 좋아졌어.

경계 근무에는 두 종류가 있어. 사람들이 계속 들락거리는 부대 앞을 지키는 경계 근무, 사람들이 거의 오지 않는 탄약고를 지키는 경계 근무. 당연히 탄약고 지키는 게 좋지. 진짜 아무도 안 와. 다음 근무자가 교대하러 올 때까지 고요 그 자체야. 경계 근무는 2인 1조로 서는데, 함께 근무하는 선임병은 초소 안에 들어가서 잘 때가 많아.

내가 선임이 됐을 때는 책을 읽었어. 후임병이 속

으로 '저 미친 새끼' 했을지도 몰라. 밤에는 플래시 불빛을 비춰 가며 책을 읽었고, 낮에는 철모 위에 책을 얹어서 봤어. 시간이 금방 지나가. 평화롭고 평화로운 나날이었지. 총을 들고 나가서 책을 읽고 돌아오면 마음이 뿌듯했어. 그러다가 그날 그 일을 겪게 된 거지.

깊은 밤이었어. 새카만 밤이었어. 달빛도 흐릿했고, 그날따라 도로를 지나는 차도 거의 없었어. 후임병이랑 나, 둘이서 탄약고를 지키고 있었지. 그날은 이상하게 책을 읽고 싶은 마음이 생기지 않더라고. 나는 그냥 멍하니 어둠 속을 바라보고 있었어. 그런데 그때, 어떤 소리가 들렸어. 동물 울음소리 같기도 하고, 휘파람 소리 같기도 하고, 바람 소리 같기도 했어. 어둠 속에서 뭔가 꿈틀거리고 있었어. 분명히 봤어. 나는 총을 메고 초소를 벗어났어. 후임병이 뒤에서 뭐라고 얘기했지만 무시했지. 아마 '김 상병님, 이탈하시면 안 됩니다' 뭐 그런 이야기였겠지? 아니면 '김 상병님, 어디 가십니까? 무섭습니다' 뭐 그런 이야기였을 수도 있고. 나는 그냥 걸어갔어. 어둠 속에서 나를 부르고 있었어. 수사가 아니라 정말 나를 부르는 소리

김중혁

가 들렸어. 나는 뛰었어. 탄약고 정문은 거대한 철문으로 되어 있어서 혼자 힘으로 열기가 힘들어. 나는 그 철문을 열고 탄약고 밖으로 뛰어갔어.

지금 생각하면 안 죽은 게 다행이야. 귀신이었을까? 나를 데려가려고 온 죽음의 사신일까? 후임병이 내 뒤를 따라 달려왔고, 덕분에 정신을 차릴 수 있었지. 탄약고 정문에서 한 300미터는 달려온 것 같더라고. 미친 거지, 미쳤어. 그대로 달려갔으면 나는 탈영병이 되었거나 귀신에게 끌려갔거나 지나가는 자동차에 치였을지도 몰라. 후임병은 덜덜 떨면서 내 이름을 불렀고, 나는 괜찮다고 얘기해 줬어. 같이 걸어서 초소로 돌아왔지. 그 순간이 자꾸 기억나. 초소에서 이탈한 두 명의 병사. 터덜터덜 초소로 돌아가는 잠깐의 탈영병들. 아무도 눈치채지 못했지만 우리는 잠깐 탈영했던 거야. 달빛이 흐려서 그림자도 잘 보이지 않던 밤, 내가 플래시를 켜서 길을 비췄어.

우리가 초소를 잠깐 이탈했다는 사실을 부대에서 알아차리기라도 한 것처럼 일주일 후에 탄약고 경계 근무가 끝났어. 본부로 복귀해서 다른 일을 맡게 된

거지. 4시간 경계 근무를 서면 6시간쯤 휴식을 줘. 그 시간 동안 잠도 자고 밥도 먹고 운동도 해. 반복이 생활이었고, 규칙이 에너지였던 시기였어. 가끔 그 시절이 그립긴 한데…… 좀 무서워. 또 언제 철문 바깥으로 뛰어나갈지 나도 알 수 없잖아.

2003 무인도의 루틴

아침에 일어나면 간단하게 밥을 먹고 장편소설을 썼다. '에스키모의 나무 지도'라는 제목이었다. 에스키모는 어둠 속에서 길을 찾을 때 종이로 된 지도가 아니라 나무로 된 지도를 사용한다. 손으로 나무 지도를 더듬어서 지형을 파악했다. 에스키모 관련 자료를 계속 읽다 보니 그들의 삶을 마음으로 받아들인 듯했다. 오후에는 매일 에세이 한 편을 썼다. 그날그날 떠오른 주제로, 아무렇게나 글을 썼다. 누군가에게 보여주기 위한 글이 아니었기 때문에 글쓰기 연습한다는 기분으로 다양한 주제에 대한 글을 썼다. 그중 한편은 이런 글이었다.

제목: 메모리 폼이라

잠을 잘 자야 건강하다는 말을 듣고(그런 말이 어디 한두 개겠는가마는) 첨단소재라는 메모리 폼을 구입했는데 이 메모리 폼이라는 것이 좀 신기하다. 음…… 배달되어 온 베개에 다음과 같은 내용의 전단지가 한 장 첨부돼 있으니 그 내용을 간략하게 요약해 보겠다. (이런 전단지 및 매뉴얼을 읽는 게 나의 취미라면 취미다.)

하중을 흡수하고 원상회복할 수 있는 첨단소재 메모리 폼으로 만들었습니다. 메모리 폼이란? 물리학 공식으로 'F=ma', 가속도가 100m/s일 경우 70kg의 사람이 받는 중력은 7톤이나 됩니다. 이때 우주인을 보호하기 위하여 신체의 부위에 전달되는 위험한 하중을 흡수하고 원상회복할 수 있는 첨단소재로 NASA의 과학자들이 발명한 것이 저탄성, 고밀도, 충격흡수, 첨단소재인 'memory foam'입니다.

베개 하나를 설명하는 문장치곤 꽤나 거창하다. 좋

은 베개라는 사실을 설명하기 위해 이모저모로 갖은 애를 다 썼다는 느낌은 확실히 강하게 전해진다. 직접 베개를 써 보니 물리학 공식과 첨단소재를 떠나 확실히 안정감이 있긴 했다. 일반 베개를 벨 때마다 뒷골이 약간 허전해 베개를 말아서 뒷골에다 쑤셔 넣곤 했는데 그 부분은 만족스러웠다. 정말 원상회복이 되는지, 그리고 얼마나 잘 충격을 흡수하는지 여러모로 눌러 봤는데 설명이 그럭저럭 맞는 말이구나 싶었다. 어떤 원리로 다시 제 모양을 찾아 가는지 신기하기만 하다.

그런데 영어를 다시 읽어 보니 'memory foam'이다. 기억 물거품이라, 정말 그런 이름일까? 애써 베개를 머리로 눌러놓았더니 다시 원래의 모양으로 되돌아오고야 말아서 베개에 눌러놓은 그 기억이 물거품처럼 사라진다는 뜻으로 그런 이름을 지은 것일까? 설마! 아마도 'form'의 오자겠지? 그런데 이 녀석이 제법 부러운 구석도 있다.

인간의 뇌도 메모리 폼 같은 첨단소재로 만들 수 있다면 꽤 괜찮을 것 같다. 나쁜 기억 같은 건 머리에서 몽땅 지워 버리고 새 출발 하고 싶을 때도 있는데 인간의 기억이란 건 그처럼 쉽게 지워지질 않는다. 사라졌나 싶으면 문득문득 다시 찾아오곤 한다.

메모리 폼처럼 초기화되는 기억이란 건 얼마나 깔끔할까. 어떤 사람이 나에게 아무리 나쁜 짓을 했더라도 모두 잊어버리는 것이다. 누군가 위로라도 해오면 "아, 그런 일이 있었군요. 저런, 내가 많이 힘들어했겠네요? 하지만 괜찮아요. 하나도 기억나질 않으니."

다시 생각해 보니 좋은 기억 역시 머리에 남아 있지 못하니 그게 문제이긴 하다. 좋은 기억들을 저장해 놓았다가 힘들 때마다 그걸 재생하는 사람도 꽤 많은 듯하니까. 하지만 너무 심한 상처를 받은 사람이라면 한 번쯤 권해도 괜찮지 않을까? 그러니까 이건 마치 고의로 기억상실증에 걸리게 되는 것과 마찬가지인 셈이다. 그렇게만 된다면 괴로운 일이 많아서 강물로 뛰어드는 사람이나 실연당했다고 수면제를 다량으로 들이켜는 사람은 많이 줄어들지 않을까?

메모리 폼 같은 게 현실적으로 불가능하다면 기억에다 방탄조끼라도 한 벌 사다 입히는 건 어떨까? 툭툭 상처를 털어 내곤 '음, 굉장한 공격인걸? 하지만 이 정도론 날 망가뜨리지 못해' 하곤 회심의 미소를 짓는 것이다. 생각만 해도 짜릿하다. 물론, 이것도 불가능하겠지? 어쨌거나 인간은 너무 약해 빠졌다. 특히 인간의 기억이란 건.

다시 읽어 보니 글이라기보다는 의식의 흐름에 가깝다. 구성은 산만하고 연결은 급작스럽고 결말은 무성의하다. 그렇지만 당시의 생활이 선명하게 보인다. 심심한 나머지 메모리 폼의 설명문을 모두 읽고, 'memory foam'이라는 오자를 발견하고, 꼬투리 잡은 김에 생각을 확장시켜 보려는 안간힘이 보인다. 그런데 'memory foam'은 오자가 아니다. 'form'을 잘못 쓴 것이 아닌가 생각했지만 'foam'에는 '거품'이나 '포말'의 뜻도 있지만 '발포 고무'의 뜻도 있다. 시작이 잘못된 글인데, 그걸 확인하지 못하고 상상을 확장시킨 것이다. 글쓰기를 할 때 얼마나 게을렀는지 알 수 있다. 영어 단어 하나 확인해 보지 않고 아무렇게나 글을 쓰다니…… 지금의 나로서는 상상도 할 수 없는 일이다. 그렇지만 그때는 무인도에 있다는 생각으로 살았다. 텔레비전도 별로 보지 않았고, 인터넷도 하지 않았다. 에세이 한 편을 다 쓰고 나면 저녁을 먹었고, 잠깐 휴식을 취한 다음에 달리기를 하러 나갔다. 1시간가량 달리고 집으로 돌아오면 씻고 일찍 잤다. 외부와의 접촉을 최소한으로 하고 정보도 차단하고 글을 쓰고 달리기를 했다. '삶의 하중을 흡수하고, 원상회복할 수 있는 첨단소재'인 루틴을 발견하고, 그렇게 살아간 것이다.

2017 하루가 흘러가는 속도

영화 〈패터슨〉은 루틴을 좋아하는 사람들의 매뉴얼이자 바이블이 될 만하다. 영화의 주인공은 '패터슨' 시에 살고 있는 버스 운전사 '패터슨' 씨. 그는 똑같은 일상을 반복하면서도 매일을 다르게 살아간다. 시 덕분이다. 그는 일상의 작은 틈을 포착하여 시를 쓴다. 단어를 고르고 매만지고 바꿔 가면서 시를 쓴다. 영화를 다 보고 나면 패터슨처럼 살고 싶어진다.

영화 속에서 나의 흥미를 끌었던 또 다른 인물은 동네 바의 사장님 '닥(Doc)'이다.

닥은 작은 바를 운영한다. 재즈 음악을 주로 틀어 놓고, 바의 벽면에는 패터슨 시 '명예의 전당'을 만들어 두었다. 패터슨 시와 관련된 인물이나 신문 기사 중에서 반드시 기억해야 할 내용을 벽에 붙여 둔다. 패터슨 출신 유명인들의 정보는 모두 외우고 있다. 자신의 표현대로라면 '쓸데없는 걸 쓸데없이 많이 알'고 있는 사람이다. 바에는 절대 텔레비전은 설치하지 않는다. 혼자 체스를 둔다. 상대는 나 자신. 닥을 보면서 멋지다고 생각했다. 하루가 천천히 지나가는 소리가 들리는 듯한 작은 도시의 작은 바.

작은 바를 운영하면 좋겠다는 생각을 한 적이 있다. 무라카미 하루키의 영향도 있었던 것 같다. 하루키는 소설가가 되기 전 20대 때 재즈바 '피터캣'을 운영했고, 나중에 소설을 더 이상 쓸 수 없는 날이 오면 재즈바를 다시 운영하고 싶다고 했다. 좋아하는 음악을 들으면서 술을 마시는데 돈도 벌 수 있는 곳이 있다면 그곳이 천국이 아닐까. 세상은 생각만큼 간단한 곳이 아니라는 걸 나중에 알게 됐다. 음식 관련 잡지의 기자로 일하며 바를 운영하는 사람을 여럿 만났고, 세상에서 가장 힘든 일은 오지 않는 손님을 기다리는 일이라는 걸 그때 배웠다. 매일 같은 시간에 가게 문을 열어야 하고, 손님이 있든 없든 같은 자리에 서 있어야한다. 바의 사장님과 이런 대화를 나눈 적이 있다.

나: 너무 부러워요.

사장: 뭐가 부러워요?

나: 매일 음악을 들으면서 사람들과 이야기를 나누고 술을 마시면서 하루를 마감하잖아요.

사장: 그게 뭐가 부러워요?

나: 혼자 집에 있으면 외로운데, 여기서는 강제로라도 사람을 만나야 하니까 외로울 틈이 없을 것 같아요.

사장: 말이 통하는 손님과 이야기하는 게 재미있을 때도 있죠. 그런데 모든 사람들의 이야기가 다 재미있지는 않아요. 이야기 듣는 게 얼마나 힘든 일인지 모르죠?

그때는 몰랐고, 이제는 안다. 소설가 역시 사람들의 이야기를 듣는 직업이다.

2019 소설가의 강의

안녕하세요, 오늘 강의를 하게 된 소설 쓰는 김중혁이라고 합니다. 사전에 여러분께 질문을 좀 받았는데요, 예상외의 질문이 많았습니다. 그중에서도 루틴에 대해서 물어보는 분이 많더라고요.

Q. 작가님의 하루 일과가 궁금합니다.
Q. 작가님은 글쓰기를 위해서 매일 똑같이 하는 루틴이 있나요?
Q. 작가님은 어떤 환경에서 글을 쓰는지 궁금합니다.

평범한 질문 같지만 한편으로는 깊이 있는 질문이라는 생각도 들었습니다. 작가의 비밀을 알고 있는 거죠. 작가가 쓰는 글이라는 게 번쩍이는 영감이나 벼락처럼 내리치는 순간에서 만들어지는 게 아니라 지루하고 평범한 일상에서 비롯된다는 걸 이미 여러분은 알고 있구나, 그런 생각이 들었습니다. 그렇다면 오늘은 여러분께 저의 일상을 자세하게 보고해야겠다는 생각이 들었습니다. 이야기하다 보면 저의 일상에서 작은 힌트를 얻으실 수도 있겠죠.

아침 몇 시에 일어나는지는 정확하게 말씀드릴 수가 없습니다. 영화를 보느라 밤을 샐 때도 있고, 갑자기 글이 잘 써지는 바람에 새벽녘에 잠이 들 때도 있습니다. 늦게 자면 늦게 일어나고, 일찍 자면 일찍 일어납니다. 작가로서 가장 좋은 점이 있다면, 자고 싶을 때 자고 일어나고 싶을 때 일어날 수 있다는 것입니다.

아침에 일어나면 가만히 누워 있습니다. 제가 가장 좋아하는 시간이기도 한데요, 누워서 멍하니 천장을 바라봅니다. 전날 쓴 문장을 떠올릴 때도 있고, 오늘 약속이 몇 시에 있었더라 이런 생각을 할 때도 있고, '엉덩이가 아픈데 어제 많이 걸어서 그런 건가' 이런 생각을 하며 몸에 집중할 때도 있습니다. 중요한 것은 가만히 누워 있어야 한다는 것입니다. 핸드폰을 보지도 않고 음악을 듣지도 않습니다. 새로운 생각이 떠오르기도 합니다. 어제 쓴 문단 중에서 몇 개는 버려야겠구나, 오늘은 밖에 나가기가 정말 귀찮겠구나, 밖에 나가기 싫은 사람에 대한 글을 써 보면 어떨까, 이런 생각들이 허공에 둥둥 떠다닙니다. 둥둥 떠다니는 생각들을 붙잡겠다고 필기도구를 꺼내면 안 됩니다. 둥둥 떠다니는 것들은 그렇게 떠다니도록 놓아둡니다. 좋은 생각들은 언젠가 내려앉게 되어 있습니다. 그렇게 멍하니 있다 보면 다시 잠들기도 합니다. 그렇게 다시 자는 순간이 얼마나 달콤한지 모릅니다. 평일의 직장인들은 절대 누릴 수 없는 행복이지요.

충분히 자고 일어나서는 밥을 먹습니다. 식사 후에는 커피도 한잔하고요. 그리고 나서는 영화를 한 편 봅니다. 어제 보다가 중단했던 영화를 이어서 보기도 하고, 새로운 영화를 반쯤 보기도 합니다. 한 편을 처음부터 끝까지 다 보기도 하고요. 요즘엔 OTT에 좋은 영화들이 참 많아서 어떤 걸 볼지 고민할 필요도 없습니다. 일어나서 정신을 차린 후에 영화를 맨 처음에 보는 이유는 접근성이 가장 좋은 이야기 도구이기

김중혁

때문입니다. 영화는 자극적입니다. 이야기를 전달하기 위해 음악을 사용하고, 미술을 사용하고, 말을 사용합니다. 다양한 감각을 깨우기에 좋습니다. 영화를 보면서는 마음껏 메모합니다. 영화가 일깨운 감각, 새로운 아이디어, 영화 속에 등장하는 대사를 종이에 적습니다. 온몸이 이야기를 통해 깨어납니다.

오후에는 취미 활동을 합니다. 영상 편집을 할 때도 있고, 3D펜으로 뭔가 만들기도 하고, 펜으로 그림 그리기를 할 때도 있습니다. 몰두할 수 있는 취미가 있으면 시간 가는 줄 모르고 오후를 보낼 수 있습니다. 저녁을 먹고 나서는 걷기 운동을 합니다. 걷다 보면 이런저런 생각이 떠오릅니다. 역시 메모하지 않습니다.

메모는 좋은 것입니다. 생각이 날아가지 못하도록 문자로 묶어 두는 것입니다. 메모는 좋은 것이지만, 때로는 갑갑함을 느낄 때도 있습니다. 머릿속에 떠오른 생각은 좀 더 추상적이고 복잡했는데 문자로 정리해 보면, 압축해서 메모로 남기면, 앙상한 뼈대만 남은 기분입니다. 생각들은 다 어디로 간 것일까요? 메모란 원래 그런 것이죠. 뼈대를 정리해 두는 것입니다. 핵심적인 것들, 중요한 부분을 잊지 않도록 정리하는 것입니다. 뼈대만 남겨 두어도 될 것들이 있습니다. 뼈대만 있으면 모든 걸 복구할 수 있는 아이디어도 있습니다. 하지만 어떤 생각들은 뼈대보다 거품이 중요합니다. 둘을 어떻게 구분할 것인가. 그건 생각보다 오랜 경험이 필요합니다. 자신의 생각을 오랫동안 들여다본 사람들만 그런 구분이 가능하죠.

저녁이 되면 아내와 와인 한잔을 하며 이런저런 이야기를 합니다. 은행 업무나 공과금 같은 생활에 대한 이야기, 지금 하고 있는 작업에 대한 이야기 등을 하면서 가벼운 텔레비전 프로그램을 봅니다. 아주 중요한 작업 중 하나인데요, 일종의 세탁 시간입니다. 머릿속은 온갖 생각들이 뒹굴며 노는 장소이기 때문에 먼지가 많이 생깁니다. 작은 후회와 하지 못한 말과 글에다 쓰지 못한 표현 같은 것들이 저희들끼리 엉겨 붙어서 먼지가 됩니다. 가벼운 오락 프로그램을 보면서 깔깔거리다 보면 세탁기를 돌리고 난 듯한 상태가 됩니다.

밤에는 내일 써야 할 글을 떠올려 봅니다. 짧은 아웃라인을 써 놓을 때도 있고, 쓰지 않을 때도 있습니다. 기분에 따라 컨디션에 따라 다릅니다. 글을 정리하다 보면 밤을 셀 때도 있고, 공기 좋은 시골에 사는 농부처럼 9시에 잠이 들 때도 있습니다. 한 가지 원칙은, 자고 싶을 때 자고 깨고 싶을 때 깨는 것입니다. 한 가지 원칙만 지키면서 하루를 보냅니다.

이렇게 이야기하면 의문이 생길 겁니다. 작가님은 책을 보는 시간이 없네요? 글을 쓰는 시간도 없네요? 맞습니다. 일부러 책 보는 시간과 글 쓰는 시간은 뺐습니다. 왜냐하면, 책 읽기와 글쓰기는 언제나 하는 것이기 때문입니다. 따로 시간을 빼 두지 않아도 문자를 읽고 문자를 씁니다. 그건 작가라는 직업의 숙명이기도 하지만 활자 중독이기 때문일 수도 있습니다. 세상을 파악하기 위해서 문자를 읽습니다. 내 마음을 끄집어내기 위해서 문자를 사용해 글을 씁니다.

예전에 수영을 배운 적이 있습니다. 첫 시간이 지금도 기억납니다. 수영복으로 갈아입고 쭈뼛거리면서 대기하던 시간, 물에 들어가기 전에 다 함께 준비

운동을 할 때의 어색한 기운, 발끝에 물이 처음 닿을 때의 소름 끼치던 감촉이 지금도 생각납니다. 제일 힘들었던 건 선생님의 말을 들으면서 수영을 배우는 거였습니다. 선생님은 자세하게 알려 주셨지만 제 몸이 가르침을 거부하더군요. 그날 집으로 돌아오는 길에 서점에 들러 수영 교본을 샀습니다. 사진도 있었지만 활자로 수영을 알려 주는 방식이 좋았습니다. 네, 저는 수영을 글로 배웠습니다. 수영 수업을 받으러 가기 전에는 언제나 책으로 예습을 했습니다. 도움이 됐냐고요? 그건 잘 모르겠습니다만 마음은 편안했습니다. 선생님이 알려 주시기 전에 활자로 수영을 공부한다는 사실만으로 안심이 됐습니다.

삶에서 많은 부분을 활자에 의지합니다. 요즘 세대는 궁금한 게 생기면 곧바로 유튜브에 검색을 한다는데, 저는 서점으로 달려갔습니다. 서점에 가면 모든 지식이 다 있었습니다. 활자는 지식이자 도구이며 하늘에서 내려오는 동아줄이었습니다. 지금도 많은 부분을 활자에 의지합니다. 하루라도 책을 읽지 않은 날이 있을까요? 아마 없을 겁니다. 집과 작업실에는 수

김중혁

천 권의 책이 나를 둘러싸고 있고, 저는 그 안에서 살아갑니다. 얼마 전에 출간한 소설 『딜리터』에는 주인공이 책점을 치는 장면이 있습니다. 책장에서 아무 책이나 뽑아서 책을 펼칩니다. 오늘이 7일이라면, 일곱 번째 줄에 적힌 문장이 나의 오늘 운세입니다. 불길한 문장이 적혀 있더라도 실망하지 마세요. 책의 좋은 점이 뭡니까. 책은 양쪽으로 두 페이지가 균형을 이루고 있습니다. 다른 쪽 페이지에도 행운과는 거리가 먼 문장이 적혀 있다고요? 그래 봐야 책점이 얼마나 정확하겠습니까. 그냥 잊어버리세요.

시간이 날 때마다 책을 펼치고, 시간이 날 때마다 글을 씁니다. 메모 형태의 글을 쓸 때도 있고 소설을 쓸 때도 있습니다. 글쓰기에도 하나의 원칙이 있습니다. '쓰고 싶을 때 자리에 앉는다'입니다. 쓰고 싶지 않은데도 마감 때문에 억지로 자리에 앉으면, 결과가 좋지 못했습니다. 그럴 때는 산책을 하거나 책 속으로 여행을 떠나거나 잠깐 눈을 붙입니다. 그러다 보면 최소한 하루에 몇 번은 글을 쓰고 싶은 마음이 생기고, 그때를 놓치지 않고 앉아서 작업을 시작합니다.

미니멀한 인테리어로 꾸민 집에 사는 사람을 보면 부럽습니다. 저는 글렀습니다. 책을 버리지 않는 이상 미니멀과는 거리가 먼 삶입니다. 어떻게 꾸며 봐도 수 많은 책이 방해를 놓습니다. 언젠가 모든 책을 버리고 책상 하나와 종이와 연필만 있는 책상에 만족하는 날 이 올까요? 그런 날이 왔으면 좋겠습니다.

2022 10년 동안의 루틴

10년 동안 꾸준히 하고 있는 일이 있다. 하루를 1초 영상으로 저장한다. 많은 영상을 찍지만 딱 1초만 선 택해야 한다. 때로는 영상을 전혀 찍지 않은 날도 있 다. 그럴 때는 사진으로 대체한다. 2012년 1월 4일 부터 시작해서 지금 이 글을 쓰고 있는 2022년 10월 25일까지 계속되고 있다. 가끔 시간이 날 때면 예전 영상을 본다. 하루는 빠르게 지나가고, 1년이 365초 로 정리된다.

김중혁

2012년 1월 4일: <문장의 소리> 녹음 현장에서 DJ를 맡고 있는 황정은 작가와 초대 손님 정세랑 작가의 모습이 찍혀 있다.

2012년 1월 24일: 눈이 펑펑 내리는 길을 운전하고 있다.

2012년 2월 24일: 공연장에 있다.

2012년 12월 19일: 대통령 선거를 지켜보고 있다.

21016년 3월 17일: 프랑스 파리 도서전에 참가하고 있다.

2017년 2월 4일: 누군가의 결혼식.

2017년 12월 29일: 농구장에 있다.

2020년 2월 16일: 눈이 펑펑 내리고 있다.

2020년 10월 25일: 새로운 작업실을 구했고, 아무런 가구도 들어오지 않은 공간에서 음악을 듣고 있다.

영상을 아무렇게나 재생해서 멈춘 날짜들이다. 영상을 보면 그날이 기억난다. 영상의 앞뒤로 어떤 일이 있었는지도 어렴풋하게 기억난다. 지나간 날을 기억한다는 것은 어떤 의미일까. 특별한 날은 기억하지만 평범한 날은 기억하지 못한다. 평범한 날이 특별한 날보다 훨씬 많다. 훨씬 많아서 평범한 날이 된 거다. 지나간 날의 기억은 편집에 의존해야 한다. 그날에 대해서 계속 이야기하고 곱씹고 돌아보면 겨우 보인다. 모든 시간의 사건을 기억할 수 없으므로, 중요한 순간만 기억해야 한다. 중요한 순간보다 평범한 순간이 훨씬 많다. 평범한 순간이 계속 모인다. 평범한 순간이 내 옆을 지나치려는 순간, 나는 핸드폰을 꺼내서 동영상 녹화 버튼을 누른다. 평범한 순간은 나를 보고 피식 웃는다.

왜 그래, 평범한 순간인데, 뭐 하러 찍으려고 그래.
나에게 묻는다.
가만히 있어 봐. 이쪽을 보지 말고 자연스럽게 스윽 지나가 봐, 평범하게.
내가 말한다.
이렇게?
응, 그렇게.
다 찍었어?
말 시키지 말고 가만히 흘러가 봐.
네가 이렇게 나를 찍는 순간, 나는 평범해지지 않잖아. 어쩌려고 그래.

김중혁

충분히 평범해. 너처럼 평범한 순간을 모아 두는 창고가 있어. 거기에 들어가면 너 역시 아주 평범한 순간 중 하나가 될 거야.

2022 코로나 시대에 혼자 연습해 보는 스탠드업 코미디

루틴이란 게 뭐예요? 루테인이랑 비슷한 건가? 매일 먹는 약 같은 거 아니에요? 루틴을 먹으면 뭐가 바뀌는데? 삶의 근육이 생기고 하루의 의미를 깨닫게 해 준다고? 웃기지 말라 그래. 먹는 게 아니라…… 아, 습관 같은 거? 진작 그렇게 말했어야죠. 습관에 대해서는 내가 잘 알죠.

어떤 사람들은 그렇게 말하더라고요. 언젠가 우연히 행운과 만날 날을 기다리지 말고, 행운이 나를 쫓아오도록 해야 한다고요. 그렇게 하려면 무엇부터 고쳐야 한다? 습관부터 싹 뜯어고쳐야 한대요. 습관만 바꾸면 인생이 바뀐대요. 습관을 바꾸면 행운이 막 미친 듯이 나를 쫓아온다는 거예요. 그런데 생각해 보면 좀 무서울 것 같기도 해요. 행운이 미친 속도로 나를 쫓아오면 어떻게 해야 돼요? 멀리서는 행운인지 불운인지 그냥 평범한 녀석인지 알 수가 없으니 그냥 도망치게 될 거 같지 않아요? 행운은 엄청난 속도로 쫓아오고, 나는 행운인지 뭔지도 모르고 미친 듯이 도망가는 겁니다. 그렇게 며칠을 달리고 나서야 따라잡히면, 행운도 슬슬 열받지 않겠어?

대체 왜 도망간 거야?

헉, 헉, 헉, 그게 헉, 헉, 말야, 멀리서 누가, 헉, 쫓아오길래, 행운 너인지 모르고, 헉, 헉, 그냥 뛴 거야.

너한테 좋은 마음으로 시작했는데 이젠 좀 마음이 식었어.

왜 그래, 헉, 헉, 헉, 몰랐잖아, 이제라도 행운인 걸 알았으니까…….

그냥 갈래.

헉, 헉, 삐친 거야? 아니, 그러게 행운이면 행운답

김중혁

게 멀리서도 알아볼 수 있도록 꾸미고 왔어야지.
그래야 사람이 도망가지 않지.

행운은 원래 그런 게 아냐. 서프라이즈처럼 다가
오는 거지.

원래 그런 게 어디 있어.

몰라, 나 그냥 갈래.

　행운이 그렇게 사라지면 너무 안심이 될 것 같기도
해요. 어쩐지 그렇게 다가오는 행운은 좀 부담스러울
것 같지 않아요? 행운이라는 건 스윽 하고 옷깃을 스
쳐 지나가거나 '엇, 너 행운이었어? 몰랐잖아' 하고 뒤
늦게 알게 되는 게 좋은 것 같아요. 대놓고 쫓아오는
행운은 더 큰 불운을 품고 있는 것 같아요. 복권에 당
첨된 사람 중에 행복하지 않은 사람이 더 많다고 하잖
아요? 그런 생각을 하고 나서부터 습관이라는 걸 하
나도 만들지 않으려고 노력했어요. 아, 습관이 바뀌면
행운이 쫓아올지도 모르니까 최대한 지금처럼 살아
야겠구나. 자고 싶을 때 자고, 깨고 싶을 때 깨고, 먹고
싶을 때 먹고. 행운이 쫓아와도 난 몰라, 그냥 지나가

버려. 행운 따위 관심 없다니까.

습관을 이용해서 시간을 알차게 쓰는 사람들을 좋아해요. 30분 단위로 살고, 자투리 시간을 이용해서 뭘 배우고, 새로운 일을 시도하고, 그런 사람들 참 좋아해요. 저는 글렀어요. 예전에는 그렇게 살아 보려고 했는데, 도저히 안 되겠더라고요. 아무래도 아버지 때문인 것 같아요. 어릴 때 아버지가 늘 그렇게 얘기했어요. "낭비 좀 하지 마라. 불 끄고, 아껴 쓰고, 아무렇게나 어지르지 말고."

좋아, 나는 평생 아버지한테 반항하는 의미로 낭비의 화신이 되겠어.

그중에서도 최고는 종이와 생각을 낭비하는 거였어요. 아버지는 늘 '쓸데없는 생각 좀 하지 마라'고 얘기했는데, 그때부터 저는 쓸데없는 생각만 했어요. 흥, 아버지, 두고 보시죠, 나는 진짜 쓸데없는 생각만 해서 '최고로 쓸데없는 생각을 하는 사람'의 명예의 전당에 오를 테니까요. 종이에다 쓸데없는 그림을 그

김중혁

리고, 종이를 낭비하고, 쓸데없는 생각을 해서 종이에 쓰고, 종이를 낭비했어요. 핵폭탄 대신에 팝콘 폭탄을 만들면 어떨까요? 가난한 지역에 미사일을 쏜 다음에 상공에서 팝콘이 튀겨지면 어떨까요? 에스컬레이터에서 결혼식을 하면 어떨까요? 세상에서 가장 빠른 결혼식, 에스컬레이터 상행에서 주례사가 끝나고 하행에서 퇴장하고, 지하철 타고 곧장 신혼여행. 식사는 없어, 배고파도. 음료는 없어, 목말라도. 그냥 축의금만 계좌로 부쳐 주고 집으로 돌아가세요.

십수 년 동안 쓸데없는 생각을 했더니 어느 날 그걸 정리하고 싶더라고요. 그래서 글로 정리하고 이야기처럼 꾸몄더니 덜컥 소설가가 되어 버린 거예요. 아, 곤란한데, 소설가라니, 뭔가 쓸모 있는 사람 같잖아요. 사람들이 자꾸 물어봐요. 창의적인 생각을 하려면 어떻게 해야 하죠? 나한테 왜 그걸 물어보죠? 저는 쓸데없는 생각을 했을 뿐인데요? 쓸데없다는 게 창의적이라는 단어와 동의어라는 걸 최근에 알았어요.

세상에는 다양한 사람들이 살고 있어요. 각자 다른 방식으로 살고 있죠. 누가 옳고 그른 건 없어요. 누구의 루틴이 내게도 통할 거라는 생각은 빨리 버리는 게 좋아요. 그냥 각자 자신의 방식대로 사는 거죠. 제가 좋아하는 소설가 커트 보니것은 이렇게 말했어요.

"우주는 지독히도 커다란 장소입니다. 이런저런 문제들에 관해 서로 다른 옳은 의견을 가진 사람 이 지독히도 많을 수 있을 만큼 넓은 공간이지요."

제가 우주의 비밀을 하나 더 알려 드릴까요? 사람 들은 당신한테 쥐뿔만큼도 관심이 없어요. 관심도 없는 주제에 쓸데없는 생각 좀 그만해라, 왜 그렇게 살고 있냐, 운동 좀 해라, 살 좀 빼야 하지 않겠냐, 제발 목표를 갖고 살아라…… 그런 소리를 하는 겁니다. 당신이 왜 운동을 할 수 없는지, 어릴 때의 트라우마가 뭐였는지, 남들은 괜찮다는데 나만 이상하게 예민한 상태가 되는 이유가 뭔지, 갑자기 세상이 무서워질 때 얼마나 삶이 끔찍한지, 쥐뿔도 모르면서 그런 소리를 하는 겁니다. 그냥 내키는 대로 사세요. 좋아하는 걸 더 좋아하고, 하기 싫은 걸 하지 않으면서 살아 보세요. 하루하루의 루틴은 와장창 깨지겠지만, 먼 훗날 당신 인생 전체의 그래프를 그렸을 때는, 거기에 분명 어떤 규칙이 보일 겁니다. 그게 당신이에요. 지금까지 저는 김중혁이었고요, 긴 이야기 들어 주셔서 감사합니다.

계속하는 것들

박솔뫼

박솔뫼

소설가. 소설집 『그럼 무얼 부르지』 『겨울의 눈빛』 『우리의 사람들』
『믿음의 개는 시간을 저버리지 않으며』, 장편소설 『백 행을 쓰고 싶다』
『도시의 시간』 『머리부터 천천히』 『미래 산책 연습』 등이 있다.

민트 오일이 여기저기 있음

책상에는 오일이 다섯 개가 있다. 서로 다른 상표와 용량의 민트 오일 세 개, 역시 다른 용량과 상표의 여러 오일이 블렌딩된 오일 두 개. 블렌딩 오일도 민트나 유칼립투스 같은 잠을 깨우고 정신을 한곳에 집중하는 데 도움을 주는 계통이다. 책상 앞에 앉으면 일단 손에 집히는 오일을 손끝에 바르고 목과 어깨를 마사지하고 묶고 있던 머리를 풀고 두피를 천천히 눌러 준다. 그러고 나서 손끝에 코를 대고 숨을 깊이 들이마시고 내쉰다. 여기서 뭔가를 건너뛸 때도 있고 한

참을 더 할 때도 있다. 모르겠다. 대체 다른 사람들은 어느 정도의 좋은 컨디션으로 책상 앞에 앉는 걸까. 어떨 때는 정신이 맑고 적당한 긴장으로 뭔가를 하기 더없이 좋은 상태일 때도 있지만 그럴 때는 자주 찾아오지 않고 보통은 조금 졸리고 피곤한 상태로 책상 앞으로 간다. 그럴 때 조금이라도 잠을 깨는 데 도움을 주는 게 여러 오일이다. 그래도 잠이 안 깨면 오일을 더 써 보고 읽기 쉬운 잡지나 만화를 펼쳐 보기도 하고 앞에 한 것을 하고 또 하고 그래도 졸리면 잠깐 자고 일어나기도 하고 결심을 하고 짧은 산책을 하기도 한다. 보통은 커피를 한 잔 마시고 책상에 앉는데 졸린다고 커피를 계속 마실 수는 없으니 민트 오일의 도움을 받는 것이다. 오일 외에도 여러 가지가 있다. 여러 종류의 파스와 호랑이 연고, 백화유 같은 것들도 책장의 한 칸을 차지하고 있고 기분과 상황에 맞춰 이것저것 쓰면서 잠깐이라도 뭔가를 할 수 있는 상태에 스스로를 두려고 한다. 책상에 앉아 나란히 늘어선 오일 기타 등등을 바라보고 있으면 가끔 '오, 이거 좀 안간힘인데' 싶기도 하다.

박솔뫼

지금 내 책상에 있는 것은 5개이지만 그 외 자주 가는 장소와 필통 안에도 오일은 여기저기 핸드크림이나 립밤처럼 그렇게 놓여 있다. 없으면 안 되는 것은 아니지만…… '아니 아니야, 아무래도 없으면 안 될 것 같아' 같은 느낌의 물건이 되어 버렸다.

생각해 보면 사실 나는 루틴이 없는 것에 가까운 쪽인데 그때그때 상황에 맞춰서 할 수 있는 한 쓰려고 하는 편이고 너무 시끄럽지만 않다면 그럭저럭 아무 데서나 쓴다. 장소를 크게 타지 않고 없으면 없는 대로 한다. 노트북이 무거우면 노트를 들고 나가 쓰고 수첩에도 쓰고 다른 사람 컴퓨터로도 쓰고 키보드나 도구에 민감하지도 않다. 키보드를 따로 사 본 적도 없고 키보드도 마우스도 누가 준 것을 쓰고 있고 지금 글을 쓰는 노트북도 친구가 쓰던 것을 물려받은 것이다. 그게 어쩌면 애초에 몇 시간이고 끈질기게 자리에 앉아 높은 집중력으로 쓰는 타입이 아니라서 그런 것 같기도 하다. 이번 30분을 잘해 보자 같은 느낌으로 일단 자리에 앉는 것 같고 아니 근데 30분은 생각보다 긴 것이다. 30분을 잘 해내면 여러 실마리들이 풀리고 더 잘할 수 있는 리듬이 만들어지기도 한다. 대체로 조금 산만하고(아니 많이 산만한가) 그런 상태로 살고 있으니까 애초에 최적의 상태가 아니어도 괜찮다고 생각한다. 지금 뭘 하고 있는지 모를 때도 있고 종종 이게 뭔지 헷갈리고, 쓰고 있는 게 조금 별로라고 생각될 때에도 일단 조금이라도 하고 쉬자고 생각하며 줄곧 써 왔다. 그래서 그런지 정확한 루틴을 만들기보다 우선 시작하고 가능한 한 조금이라도 해 보는 감각을 익히며 글을 써 온 것 같다. 말하다 보니 뭔가 긴 시간들이 그렇게 구성되어 왔던 것 같아서 순간 그 시간들이 둥글게 뭉쳐져 무거운 추처럼 먼 곳에서 되돌아와 머리를 울리는 느낌. 그런데 그 느낌이 무겁거나 무섭거나 괴로운 것은 아니다. '그러고 보니 그렇네'인데 문장 끝에 조금 무게가 실린 느낌표를 붙여야 할 것 같은 느낌이다. 지금까지 그래 왔다면 앞으로는 어떻게 할 건데? 머리를 울리는 느낌은 내게 그렇게 묻는 것 같고 나는 시간을 꼭 하나로 뭉칠 수 있는 것은 아니지만 더 큰 추를, 엄청나게 커서 다시 나에게 돌아오려면 그 자신이 길고 긴 시간을 향해 몸을

52   박솔뫼

날려야 할 엄청난 추를 만드는 수밖에 없다고 생각하게 된다. 그 추를 다시 만나면 또 새삼스럽게 놀라고 다시 또 큰 것을 더 큰 것을 만들어야겠다고 생각하게 되겠지.

아무튼 그런 식으로 해 왔고 지금도 그런 식으로 하고 있다. 커피를 마시고 물을 마시고 민트 오일을 손끝에 바르고 이렇게 저렇게 30분 정도를 해 보고 그러다 잘되면 더 하고 더 길게 하고 계속해 보고 '와 지친다' 할 때까지 하다 침대에 드러눕는다. 아니면 3~40분을 하고 잠시 쉬고 또 30분을 하고 30분을 쉬고 그러다 다시 1시간을 해 보려고 노력하고 그렇게 말이다.

이전에는…… 이전에는 어땠더라. 이전이래도 생각해 보면 거의 10년을 거슬러 올라가야 하지만 그때는 집에서 일하기보다 카페에 가서 하는 편이었다. 그러다 언제부턴가 집에서 일하고 쉴 때 카페에 가는 식으로 리듬이 바뀌게 되었다. 카페에서 일하면 맛있는 커피가 있고 밖이라 적당한 긴장감이 생기고 일단 장소를 바꾸는 것으로 왠지 새로운 기분이 되고 무엇보다 정리되고 말끔한 분위기에서 일할 수 있는 것이 좋다. 하지만 그 좋은 곳에 가기 위해서는 노트북을 챙기고 이어폰을 챙기고 혹시 모르니 책도 한 권 챙기고 카페에 도착해서는 사람이 너무 많지는 않은지 신경 써야 하고 콘센트 위치나 화장실 상태를 확인해야 했는데 점점 그 모든 것이 피곤하게 느껴져서 집에서 일하는 것으로 바뀌게 된 것 같다. 물론 지금도 카페에서 글을 아예 안 쓰는 것은 아니고 종종 카페에서 뭔가를 열심히 하는 사람들을 보면 좋아 보여서 '오 나도 다음에는 저기서 써 볼까' 싶은 생각을 하기도 한다. 하지만 그런 생각은 잠시뿐이고 요즘은 대체로 집에서 글을 쓴다. 글을 쓰다 산책 겸 카페에 가, 커피를 마시고 다시 집으로 돌아온다. 그러다 보니 이제는 심지어 카페에서 책도 잘 안 읽게 된 것 같다. 친구를 만나거나 잠시 일과 일 사이 읽기와 쓰기 사이 쓰기와 쓰기 사이 잠깐 점을 찍는 느낌으로 커피를 마시고 집으로 돌아온다. 그리고 집에 돌아와 '아 여기는 담에 누구랑 와 봐야지' 그런 생각을 하며 다시 하던 일을 이어서 한다. 생각해 보니 이건 큰 변화인데 이전에는 하루에 카페를 두 군데씩 옮겨 다니며 소설을 쓰기도 했기 때문이다. 그때는 왜 당연히 밖으로 나갔을까. 그리고 지금은 왜 당연히 내 방 책상에 앉아 글을 쓰고 있는 걸까. 그 사이 무슨 일이 일어났는지 알 수 없고 앞으로는 또 어떤 일이 벌어질지 알 수 없지만 잠시 함께했던 여러 커피와 테이블에 고마운 마음이 솟구치다 흩어진다. 분무기 속 물처럼 미미한 분자로 갈피를 못 잡는 여러 감정이 뿌려지고 사라짐.

이것저것 마심

카페 이야기를 하다 보니 자연스럽게 이전에 자주 가던 곳들이 생각이 나 잠시 여러 곳들을 떠올려 보았다. 이제는 없는 충정로의 한 카페는 어느 시기 거의 매일 가서 책을 보고 과제를 하고 교정지를 확인하던 곳이었다. 거기서는 다른 걸 마신 적은 거의 없고 늘 커피만 마셨는데 11시에 문을 닫는 곳에서 밤 10시가 넘어서 진하게 내린 드립커피 같은 것을 잘도 마셨다. 대체 어떻게 그랬지? 이렇게 쓰고 보니 이거야말로 직접적인 격세지감이다. 그때 사장님은 알고 보니 나의 고등학교 기숙사 사감 선생님의 선배여서 알고 나서 정말 신기했었는데 사장님은 늦은 시간 진한 커피를 내려 주면서 주량처럼 사람들이 자신의 '커피량' 같은 걸 알면 좋겠다고 말했다. 그 커피량이라는 것이 몇 잔이 아니라 '원두 몇 그램을 몇 씨씨로 내리는 것'을 기준으로 설명했던 것 같은데 그게 지금은 잘 기억나지 않는다. 어느 정도를 마시면 커피량이 꽤 세다고 할 수 있다고 사장님이 말했던 숫자들이 말이다. 어쨌거나 지금 나의 커피량은 그때에 비하면 많이 떨어졌다. 그때는 정말 아침에 커피 마시고 점심에 마시고 저녁에 마시고 밤에 마시고 앉은 자리에서 두 잔을 마시고 마시는 것은 늘 진하게 내린 것이고 그렇게 늘 커피를 마셨다. 어느 날은 사장님이 이전에 일본에서 커피를 마실 때 이렇게 주더라면서 진한 드립커피 위에 얇게 친 우유를 올려 주셨다. 한동안은 그걸 마시면서 일을 했는데 그러고 보니 그 카페가 문을 닫은 후 그 메뉴는 다시 마셔 본 적이 없다. 그걸 뭐라고 해야 할까 오레는 아니고 라떼도 아니고 플랫화이트와 비슷하겠지만 드립커피 위 얇은 우유라 맛이 조금 달랐다. 우유와 커피는 섞이지 않았고 그렇지만 한 입에 마셨을 때 둘 다 선명하게 느껴져 맛있었다. 그러고 보니 커피를 이전보다 덜 마시게 되면서 집에서 일을 하게 된 것일까. 약간은 관련이 있을지도 모르겠다.

요즘도 글을 쓰기 전에는 커피를 마신다. 이전처럼 밤에 마시지는 않지만 주말이면 일단 눈을 뜨면 스트레칭을 하고 커피를 마시고 책상에 앉는다. 이른 시간에는 커피를 이어서 두 잔쯤 마시기도 하지만 보통은 녹차나 허브차로 바꿔 마시며 이어서 쓴다. 그러다 뭔가 졸리고 피곤하지만 커피를 더 마시긴 힘들 때 분말 비타민을 뜨거운 물에 타서 마신다. 그러고는 오일을 바른 손으로 어깨를 주무르고 다시 자리에 앉는다. 그러면 뭔가를 더 할 만한 상태가 된다. 마감이 있거나 시간을 쪼개 일을 해야 할 때는 거의 매일 같이 비타민을 타 마신다. 신 것을 먹어서인지 덜 졸리고 비타민이라 그런가 기운이 나는 것도 같고 그런 식으로 조금 더 조금 더 해 나간다. 작년 올해는 비타민을 많이 타 마신 해였다. 아마 앞으로도 비타민은 자주 마실 것 같다.

올봄에는 현미차를 자주 끓였다. 보리차는 물을 끓이고 그냥 티백을 넣어 버리거나 망에 보리차를 넣고 잠깐 끓이는 정도로만 하고 불을 껐는데 현미차는 설명서대로라면 꽤 오래 끓이라고 되어 있었다. 20분 정도였나. 그걸 늘 지키지는 못하지만 일을 하다 지치면 주전자에 물을 끓이고 끓는 물에 현미차를 넣은(그런데 말린 현미니까 결국 현미라고 해야 하나?) 망을 넣고 옆에서 스트레칭을 하거나 잡지나 가볍게 읽을 수 있는 책을 읽으며 현미차가 끓기를 기다리고는 했다. 나도 자주 마시기 전에는 몰랐지만 현미차는 정말 현미여서 현미차를 끓이면 누룽지를 끓이는 것 같고 시간이 지나 부푼 망 속 현미차는 그냥 숭늉 속 알갱이 같다. 그러고 보면 글을 쓰다 잠시 쉴 때 책을 읽다 잠시 멈출 때 하는 일 중 하나가 마실 걸 만드는 일 같다. 커피를 내리고 차를 끓이고 식히고 어떨 때는 주스와 탄산수를 사러 나가고 진하고 맛있는 커피를 마시러 카페에 나갔다 온다. 어떨 때는 그런 일들을 하는 데 더 많은 시간을 쓰고 막상 다시 자리에 앉으면 시간은 금세 지나가 버려 내일로 할 일을 미뤄야 할 때도 있다. 예전에는 그런 일에 스트레스를 많이 받았고 왜 맘먹은 대로 잘하지 못할까 생각했는데 요즘은 그냥 '잘 쉬었다'로 정리하고 그 다음으로 넘어가려고 한다. 청소하고 씻고 잠드는 다음 일로 말이다. 글을 쓰기 위해 생활을 정돈해 보려고 늘 노력하지만 뭔가를 지키지 못할 때도 많고 건너뛸 때도 많다. 요즘은 스스로를 몰아붙이기보다(이전에도 뭘 그렇게 크게 몰아붙인 것은 아니지만) 아까 말한 것처럼 '잘 쉬었음' 하고 맘속으로 박수 한 번 치고 끝내고 다른 것을 한다. 생각하고 계획한 대로 해 나가면 좋겠지만 그게 늘 생각처럼 되는 것도 아니고 초조해한다고 원하는 방향으로 갈 수 있는 것은 아니라는 것을 시간이 지나며 점점 더 느끼게 되었기 때문인 것 같다. 그것도 시간이 지났으니 얻게 된 것이겠지만 말이다. 아무튼 요즘은 그렇다.

그런데 또 안 마심

이것저것 마시지만 시간이 갈수록 술은 덜 마시게 되었다. 이번 여름에는 여름이니까 하는 마음으로 논알코올 맥주를 많이 마셨는데 그 외에는 '휴가나 여행을 갔을 때 외에는 아예'라고 해도 좋을 정도로 안 마신다. 그 외에는 친구 생일 때 정도일까. 굉장히 심심하고 재미없는 일상처럼 보일 수 있겠지만 오늘의 일을 끝내면 내일의 일을 해야 하니까 아예 쉬는 기간이 아니면 점점 더 안 마시게 되는 것 같다. 그런데 이게 꼭 나만의 변화인 것 같지는 않다. 자주 만나는 친구들도 이전보다는 덜 마시고 있고 구체적으로 물어본 적은 없지만 이야기를 하다 보면 약속이 없으면 거의 안 마시고 약속이 있어도 이전처럼 많이 마시지는 않는 것 같았다. 얼마 전에 신문기사에서도 일본도 맥주 판매량이 줄고 논알코올 음료 판매가 줄어든 주류 판매량을 메우고 있다는 것을 본 것 같다. 코로나의 영향일까, 다들 덜 마시고 덜 취하게 된 것일까. 전체적으로 보면 그렇지 않을 것 같기도 하지만 말이다.

박솔뫼

하지만 가끔 아주 맛있는 것을 마실 때 술은 잘 모르지만 누군가 권해서 마시게 된 맛있는 한잔을 떠올리면 기분이 좋다. 그리고 좋은 향을 맡는 것을 좋아하니까 조금 불편한 의자에 앉아 나무 테이블에 손을 올리고 좋은 향을 잠깐 맡는 몇 초를 더 강렬하게 기억하는 것인지 모르겠다. 그렇게 한두 잔을 마시고 조금 느슨해진 기분으로 어떤 감각은 선명해지고 어떤 것은 묽어진 상태로 변하는 기분과 대화들을 떠올린다. 술을 마시며 벌어지는 일들을 자주 쓰지는 않지만 쓸 때면 늘 그런 감각을 되살리는 것이 즐겁고 좋다. 그건 지금도 어딘가에서 분명히 벌어지고 또 흘러나오고 넘치는 순간들이라고 생각하며 마음속에서 어디선가 흔들리고 출렁이는 기분과 순간 짧은 대화와 잔을 쥔 손가락 같은 것을 떠올린다. 그래서 술을 거의 마시진 않지만 아예 안 마시지는 않고 새로운 장소와 새로운 사람들이 있는 곳에 가끔씩은 나가게 된다. 집으로 돌아와 떠올리면 그 시간들은 다른 방식으로 재생되고 그러다 시간이 지나고 어떤 여흥과 기분만 남은 시간들을 새로 조립해 나간다. 앞으로 새롭게 느끼고 맛볼 것들이 많겠지. 그럴 때 시간은 골목이 아주 많은 길처럼 느껴지고 여러 골목들을 걷고 누비고 머무르다 다시 걷는다. 아무튼 그래서 술은 거의 안 마시고 달리 말하면 가끔 마시는 식이 되었다.

같은데 다르고

어떻게 생활하고 어떻게 쓰는지에 관해 이야기를 하다 보면 무슨 이야기를 하든 결국 산책하는 이야기, 걷는 이야기로 향하게 된다. 향하게 된다기보다 걷고 걷는 이야기를 하지 않고 쓰기에 대해 이야기하는 것이 어색하다고 해야 할까. 그 이야기를 하지 않는 것이 가능은 하겠지만 산책하는 이야기를 하지 않더라도 결국은 산책하는 이야기로 흘러가 버릴 것 같은 기분이 든다. 그건 친구를 만나러 가기 위해 산책하는 이야기, 커피를 마시면서 걷고 또 걷는 이야기 같은 것이 되지 않을까. 친구를 만나는 이야기 같지만 사실은 산책하는 이야기에 가까운 다른 이야기들 그런 게

박솔뫼

될 것 같다. 쓰다 보니 그건 그것대로 괜찮을 것 같기도 하다. 산책이나 걷기라는 것은 독자적이고 고유한 행위지만 다른 일과 잘 어울리고 이것과 저것을 잘 붙여 주는 일 같기도 하니 말이다. 아무튼 쓰는 일을 외부에서 관찰한다면 결국 걷다가 쓰고 다시 잠깐 산책하고 돌아와 뭔가 마시고 그러다 다시 쓰고 씻고 잠들고 일어나서 뭔가를 먹고 혹은 먹기도 전에 뭔가를 쓰고 쓰다가 먹을 것을 사러 나가며 한참을 걷고…… 가 반복하는 일일 것이다. 그리고 나의 시간이라는 것도 어쩌면 먹기와 일하기 잠자기 사이 몇 번의 산책을 놓아둘 수 있을까 하는 것으로 구성되는 것 같다.

산책은 자연스럽고 일상적인 일이라 왜 하는지 의식하거나 생각해 본 적은 별로 없다. 하지만 생각하지 않아도 알 수 있는 것은 걷다 보면 많은 일들이 괜찮아진다는 것이다. 걷다 보면 괜찮아진다. 괜찮아지고 어떨 때는 멀리 생각지도 못한 곳으로 빠르게 옮겨 갈 수도 있다. 혹은 옮겨질 수도 있다고 해야 할까. 무슨 일이 벌어진 걸까. 나를 지나치는 사람들과 골목과 가로수가 바뀌는 계절과 바람이 나를 들었다 놓은 것일지도 모르겠다. 소설을 써야 하는데 도무지 어떻게 시작해야 할지 알 수 없을 때 그럴 때 늘 산책의 도움을 받는다. 나는 편한 신발을 신고 가방에 지갑과 핸드폰, 생수 한 통만 넣고 3시간을 걷는다. 3시간을 걷는 동안 소설은 무조건 시작되어야 한다. 그런 마음으로 길을 나서면 늘 어느샌가 무언가 시작되어 있다. 여러 번 오간 길도 늘 새롭고 나는 늘 창 너머 그림자가 세상의 비밀을 가지고 있다고 믿게 된다. 그럴 때가 아니더라도 산책은 도움이 된다. 적당한 정도의 휴식과 기분 좋은 흥분을 주고 지금까지 썼던 것을 다른 방식으로 보게 해 준다. 그런 면에서 산책을 하고 돌아와 좀 전까지 쓰던 것을 다시 읽어 보는 것은 글을 쓰는 데 거치지 않으면 안 될 과정 같다. 성격은 다르지만 잠처럼, 자고 일어나 전날 쓴 것을 보면 지난밤과 다르게 보이는 것처럼 말이다. 그래서 내가 잠과 산책하는 이야기를 소설에 많이 쓰는 걸까. 우리는 함께하고 나는 잠과 산책의 도움으로 움직이고 나아갈 수 있으니까. 아마도?

합을 맞추고 다시 하기

올 상반기에는 브레이크 댄스 영상을 많이 찾아봤다. 정확한 용어나 뜻은 여전히 잘 모르지만 두 명 이상의 댄서가 합을 맞추어서 춤을 추는 것을 보통 루틴이라고 하는 것 같다. 뭐든 잘하면 되는 것이겠지만 보통의 경우라면 혼자서 추는 댄서가 루틴을 이기기는 어려워 보였다. 잘하는 여러 사람이 움직이는 것이라 아무래도 훨씬 몰입도가 있기 때문이다. 아무튼 여러 사람이 함께했을 때 생기는 움직임의 리듬이 재미있었다. 뭐랄까. 합을 맞추고 연습을 하고 하지만 그게 꼭 약속한 대로 되는 것은 아니라는 것이 재미있었고 그러나 동시에 합을 여러 번 맞추고 연습을 제대로 해야 예기치 못한 일들도 즐길 수 있고 재미있는 일이 더 많이 벌어질 것 같기도 했다.

그렇게 여러 루틴들을 보다가 이어서 보게 된 댄서들 인터뷰에서 인상적인 말이 하나 있었는데 그건 "춤을 보면 그 사람이 어떤 사람인지 어떤 성격인지 너무 정확하게 알 수 있어요."였다. 정말일까. 그러고 보니 그즈음 농구가 취미인 친구와 이야기하다가 그 친구도 거의 비슷한 말을 한 적이 있었다. "농구를 하는 것을 보면 그 사람이 어떤 성격인지 너무 잘 알게 되거든요." 몸으로 하는 일은 어떨 때 정말 선명하고 솔직한 것 같다고 느낀다. 어떻게 보면 거의 모든 일이 몸을 쓰는 일이겠지만 농구나 춤처럼 몸을 전면적으로 쓰는 일을 할 기회가 적어서인지 '춤을 보면', '농구를 할 때 보면' 이런 말들을 들으면 어떤 말인지는 알 것도 같지만 사실 제대로 이해하고 있지는 못한 것 같다. 내가 하는 일 중 그나마 몸을 쓰고 있다고 의식하며 하는 일은 달리기 정도일 텐데 아주 길게 달리는 것도 아니고 3~40분 정도 뛰는 것인데도 뛸 때마다 느끼는 것은 이것이 하나의 상연 비슷한 거라는 것이다. 오늘은 어떤 달리기가 될까. 비슷한 체력과 실력이니 갑자기 속도가 붙거나 또 확 떨어지거나 하는 일은 잘 생기지 않는다. 그럼에도 초반에 가뿐한 것 같지만 곧 지쳐 버린다거나 아니면 시작할 때 너무 힘들었는데 곧 가벼워져서 수월하게 뛰게 되거나 하는 식으로 사소한 변화는 늘 나에게 벌어진다.

달리기라는 혼자서 벌이는 상연을 생각하면 쓰기도 좀 비슷하게 느껴진다. 러닝화를 신고 트랙 위에 서는 것처럼 이런 저런 준비를 하고 자리에 앉으면서 오늘은 어떻게 나아가게 될까 일단 마음먹은 대로 해 나가면 좋겠다는 생각뿐이지만 생각을 많이 하면 지치니까 일단 조금씩 해 보자 하는 식으로 진행되니 말이다. 어떤 때는 계속 딴짓만 하다 시간이 가 버리고 어떤 때는 손이 나보다 먼저 달려 나가서 이것 역시 달리기처럼 가뿐한 마음으로 전력 질주 하게 되기도 한다. 평균적으로는 비슷하겠지만 매일의 매번의 글쓰기가 다르다. 그렇게 보면 커피를 마시거나 오일을 준비해 두거나 하는 것도 내가 나와 맞춰 보는 합같은 것인데 모든 것을 다 해도 어긋나기도 하고 어떤 때는 어디선가 힘이 솟아나 갑자기 달려 나갈 수 있게 된다. 지금 이야기할 수 있는 것은 어쨌거나 그 모든 것이 늘 어떻게 진행될지 기대되고 기대된다는 것이다. 늘 조금씩 다르게 진행되는 내가 나와 벌이는 상연을 그래서 하고 또 하고 또 하고 싶다. 그래서 오늘은 녹차를 우려 볼까, 다른 차를 좀 사 둘까 생각하고

커피를 마시고 나면 오일로 손목을 풀어 주고 호흡을
가다듬는 것이겠지. 그렇게 합을 잘 맞춰 보고 싶다,
오늘도.

앞으로, 앞으로 계속 걸어 나가면

범유진

범유진

창비 신인문학상으로 작품 활동을 시작했다. 장편소설 『두메별, 꽃과 별의 이름을 가진 아이』 『우리만의 편의점 레시피』 『선샤인의 완벽한 죽음』, 소설집 『아홉수 가위』 등이 있다.

운동이 싫다.

아침에 일어나면 두유 한 팩을 쪽쪽 빨아 마시고 집을 나선다. 목적지는 횡단보도 두 개를 건넌 곳에 위치한 헬스장이다. 사물함에서 운동화를 꺼내 갈아 신고, 준비운동을 하고, 한 시간 약간 넘게 운동을 한다. 헬스장의 좋은 점은 일단 그곳에 들어가면 어떻게 든 몸을 움직여야 한다는 압박감을 준다는 것이다. 기구에 올라타면 누군가 내 머릿속에 "움직여!"라는 명령어를 입력하는 것만 같다.

근력 운동 메뉴는 매번 달라지지만, 하루 4.5km를 달리는 것은 매일의 반복이다. 머신에 표시되는 시간은 보지 않으려 애쓴다. 디지털로 깜빡이는 숫자를 보고 있노라면 아무리 뛰어도 시간이 흐르지 않는 듯 느껴지기 때문이다. 컵라면을 끓일 때에 시계를 바라보고 있으면 3분이 영겁처럼 느껴지는 것과 마찬가지다. 시간은 음악으로 센다. 대충 한 곡 반 정도면 5분이 흐른다.

창밖은 완벽한 건물 뷰다. 초록이라고는 조금도 없는 회색 건물에, 색색의 간판이 걸려 있다. 그중 가장 많이 보게 되는 건 멀리 정면에 위치한 발레 학원 간판이다. 빨갛고 파란, 커다란 간판들 사이에서 혼자 흰색과 분홍색이 그러데이션으로 어우러져 작은 몸체를 뽐내고 있는 간판을 보면 마음이 편해진다. 발레 학원은 간판 글자도 우아하구나, 라고 생각하며 전혀 우아하지 않은 거친 숨을 뱉어 낸다.

가끔은 창밖 풍경이 갑자기 푸른빛으로 바뀌기를 바라기도 한다. 호캉스가 유행할 때, 인터넷 검색 창에 '호텔 피트니스'를 입력해 보았다. 검색. 운동기구 사진만 계속 나왔다. '전망 좋은 피트니스'로 검색어를 바꾸었다. 내가 보고 싶었던 건 커다란 통창 너머로 바다가 펼쳐진 풍경이었다. 몇 군데를 찾아내서 목록에 저장해 두었다. 저장해 둔다고 해도 갈 수 있을지는 미지수다. 대한민국의 평범한 N잡러인 내가 하루 숙박에 망설임 없이 쓸 수 있는 가격의 상한선은 그다지 높지 않다.

그렇게 한 시간에서 한 시간 반 정도의 운동을 끝내고 다시 횡단보도를 건너 집으로 돌아온다. 샤워를 하고 본격적인 일과를 시작할 준비를 한다. 나의 아침 운동 루틴이다.

루틴(Routine). 정보 통신 쪽에서는 특정한 작업을 실행하기 위한 일련의 명령을 일컫고 체육 쪽에서는 운동선수들이 최고의 운동 수행 능력을 발휘하기 위해 습관적으로 하는 동작이나 절차를 뜻한다. 옥스퍼드 대사전은 여기에 '규칙적으로 하는 일의 통상적인 순서와 방법'이라는 뜻도 있다고 친절하게 가르쳐 준다. 어느 것이든 썩 와닿지는 않지만 공통점은 있다. 무언가를 본격적으로 하기 위한 워밍업이란 점이다.

내게 루틴은 둥그런 원이다. 일상으로 흡수되어야 하지만 도저히 흡수되지 않는 일의 끝자락을 억지로

끌어올려 일상 끝에 이어 붙여 만든, 언제 끊어질지 모르는 불안전한 원이다. 그 끝에 매일 풀칠을 해서 좀처럼 끊어지지 않게 만든다. 원이 완전히 단단해지면 루틴의 완성이다. 완성된 루틴은 일상으로 흡수된다. 그때부터는 의식하지 않아도 그 행위가 내 하루의 일부를 차지하는 것이 당연해진다.

내 운동의 역사는 너덜너덜하고도 길다. 헬스장을 다니기 전에는 수영을 했다. 간신히 물에 둥둥 떠 내려가지 않게 되었을 즈음 팬데믹으로 수영장이 문을 닫았다. 수영을 하기 전에는 필라테스를 했다. 양쪽 다리를 다 펼 수 있게 되어서 내적 환호를 지를 때 즈음에 필라테스 학원이 내가 가기엔 좀 먼 거리로 확장 이전을 했다. 필라테스 이전에는 플라잉 요가를 했고 플라잉 요가 이전에는 그룹PT를 받았다. 둘 다 운동 갈 때마다 살은 찌우지 않는 게 좋겠다고 가스라이팅을 하는 강사와 대판 싸우고 그만뒀다. 물론 홈트도 했다. 〈링피트〉를 클리어했고 〈저스트 댄스〉에 몸을 허우적거렸으며 노 페인 노 게인(No Pain No Gain)을 외치는 아저씨의 구령에 맞추어 죽은 눈으로 팔다리를 움직였다.

십여 년 동안 나는 늘 무언가 운동을 했다. 그러나 운동 루틴이 일상에 흡수되었다고 느낀 적은 한 번도 없다.

*

친구와 밥을 먹다가 발레 학원 이야기를 했다.

"발레 학원은 간판도 우아해 보여."

취미로 성인 발레를 배운 지 2개월이 되어 가던 친구는 그윽한 눈빛으로 나를 바라보았다.

"발레 학원을 갈 때마다 느끼는 게 있어."

"뭔데?"

"우아함이란 결국 근육에서 나와. 그 어떠한 운동도 우아하지만은 않다고."

맞는 말이다. 나는 발레에 대해 잘 모른다. 발레가 얼마나 힘든지 체험해 본 적이 없다. 발레리나의 발 사진을 보면 그들의 노력에 대해 존경심을 느낀 적은 있지만, 타인의 힘듦에 공감하는 것이 그 힘듦을 온전히 아는 것이라 말할 수는 없다. 게다가 무언가에 특정한 이미지를 부여하는 것이 얼마나 위험한지도 인지하고 있다. 그럼에도 나는 무심코 발레를 우아함과 연결시켰다.

때로 어떠한 분야는, 직업은, 단어는 특정한 이미지를 지닌다. 대부분 오랫동안 미디어에 의해 주입된 이미지일 가능성이 높다. 운동 마니아라고 하면 닭가슴살과 탄탄한 근육질 몸매가 연상되는 것은 요 몇 년간 방영된 수많은 헬스 프로그램과 무관하지 않다. 그러한 이미지는 운동을 좋아하는 사람도 통통한 몸을 지닐 수 있다는 사실을 지워내고, 운동을 할 때에는 특정한 식품군만을 섭취해야 한다는 편견을 확산시킨다.

이전만큼은 아니지만 '작가'라고 하면 사람들이 떠올리는 고착화된 이미지가 있다. 밤을 새운 기색이 역력한 다크서클, 쌓인 술병과 책이 가득한 방, 정돈되지 않은 옷차림 등이다. 나는 이 이미지에 「소설가 구보 씨의 일일」이 매우 큰 기여를 했다고 생각하는데, 이 소설이 수능에 나오기 때문이다. 수능에 나오지 않는, 소설가의 하루를 그린 글을 전 국민이 일부러 찾아 읽을 가능성은 거의 없지 않을까. 직업으로서의 소설가는 성실해야 함을 외친 작가의 대표주자로는 무라카미 하루키가 있다. 그러나 무라카미 하루키도 수능을 이길 순 없다.

그래서일까. 꽤 많은 작가들이 운동에 대한 글을 썼음에도 아직까지 '작가'에 대한 이미지로 '성실'이나 '루틴', '운동'을 떠올리는 경우는 많지 않은 듯하다. 그러나 적어도, 내가 아는 작가들은 상당히 성실하다. 그럴 수밖에 없다.

내 주변의 상황은 이렇다. 일단 N잡러가 많다. 대한민국에서 전업 작가로 생활하는 건 그다지 녹록한 일은 아닌지라, 회사를 다니든 강의를 하든 외주를 받든 무엇이든 한다. 글을 쓰는 데에만 시간을 쓸 수 없다는 것은, 뒤집어 말하면 어떻게든 꾸역꾸역 글 쓰는 시간을 따로 내야 한다는 것을 의미한다. 글 쓰는 시간 확보를 위해 별별 방법이 다 동원된다. '하루에 적어도 3,000자는 쓸 것', '저녁 10시부터 새벽 2시까지는 무조건 작업시간', 'A4 2장 쓰기 전까지는 취침 금지' 등이다. 이 루틴이 일상으로 흡수될 즈음이 되면 인간의 몸은 장시간 앉아 있는 데 썩 적합하지 않기에 하루에 3, 40분이라도 운동을 하지 않으면 이 일상을 유지할 수 없음을 깨닫게 된다. 그래서 운동을 시작한다. 하다못해 집 주변이라도 빙빙 돌며 건는다.

작가의 이미지가 고착화되는 것은 '작가'를 '직업'으로 인식하는 문제와 연결된다. 술을 마시면서 밤을 새는, 마감을 어기는 것을 당연하게 여기는 불성실한 예술가의 일은 어디까지나 '예술'이지 '직업'이 아니라는 인식이다. 직업 아닌 예술이기에 작업에 정당한 페이를 요구하는 일은 세속적이며 천박한 행동이 된다. 시 한 편의 값으로는 술 한 잔이면 충분하다는 농담이 농담 아닌 것이 되어 버린다. 작가를 꿈꾸는 수많은 사람들이 고착화된 이미지를 핑계로 새벽까지 술만 마시는 부작용은 이에 비하면 별것 아닌 일이다.

*

범유진

처음 만난 사람과의 식사 자리는 불편하다. 까다로운 사람으로 보이고 싶지 않다는 마음과, 그래도 먹을 수 없는 것은 밝혀야 한다는 마음이 엇갈린다. 많은 경우 전자가 이기지만, 정기적으로 만남이 지속될 확률이 높은 경우 후자의 승리다. 식사 때마다 내 혈관의 안위를 걱정할 수는 없는 노릇이니깐.

"고지혈증이 있어서 먹으면 안 되는 음식이 좀 있습니다."

이렇게 말하면 십중팔구, 상대는 "선생님이요?"라고 되묻는다. 그리고 덧붙인다.

"그거 뚱뚱한 사람들이 걸리는 거 아니에요?"

몇몇 사람들은 '작가'인 내가 척추협착증을 겪고 있는 것은 이상하게 여기지 않지만 '저체중의 여성'인 내가 고지혈증을 겪는 것은 이상하게 여긴다.

고지혈증은 '혈중에 지질 성분이 증가한 상태'로, 30세 이상 성인의 절반가량이 가지고 있는 꽤 흔한 병이다. 흔한 병이라는 건 그만큼 고착화된 이미지를 가지고 있다는 뜻이다. 고지혈증의 고착화된 이미지는 비만, 체중 관리, 운동 부족, 이 세 가지인 듯하다.

고지혈증을 겪는 사람은 자신의 체형이 어떠하든 이 이미지에서 기인한 편견과 마주하게 된다. 뚱뚱한 사람은 "그러니깐 운동을 좀 해."라는 말을 듣게 된다. 실제 그 사람이 운동을 하는지 하지 않는지는 중요하지 않다. 마른 사람은 "네가? 마른 비만인가 보다."라는 말을 듣게 된다. 상대에게 선척전인 거라고 설명해도 소용없다. 약속이라도 한 듯 마른 비만과 내장 지방에 대한 이야기가 이어진다. 병을 앓고 있는 당사자가, 미디어에서 흘려들은 단편적인 정보만을 가진 비당사자보다 원인을 파악하기 위해 고군분투했음은 당연하지 않을까. 자신들의 얄팍한 지식을 자랑하기 위해 당사자성을 지움으로써 그들이 얻는 것은 대체 무엇일까 궁금할 때가 있다.

내가 고지혈증이라는 것을 밝히면, 식사 자리의 화제는 자연스럽게 운동으로 이어진다. 운동을 한다고 하면 돌아오는 반응은 대체로 세 가지다. 운동을 좋아하냐고 눈을 반짝이며 묻던가, 뭘 하냐고 물은 뒤에 왜 운동에 돈을 쓰냐고 설교를 하던가, 운동 정말 안 하게 생겼는데 의외라고 하거나.

첫 번째 반응을 보인 사람에게는 차마 "죄송합니다. 운동을 좋아하진 않습니다."라고 말할 수가 없어서 잠자코 그의 이야기를 듣는다. 이 반응을 보인 사람들은 대체로 운동을 좋아하는 사람들이기에 굳이 내가 무언가 더 말하지 않아도 자신의 운동 이야기로 대화를 이어 나가기 때문에 별문제가 없다. 운동은 좋아하지 않지만 운동을 좋아하는 타인의 이야기를 듣는 것은 꽤 좋아하기 때문에 더욱 그렇다. 무언가에 열중해서, 그것에 대해 말하는 사람의 생기 넘치는 목소리는 사랑스럽다. 하지만 그 만남이 끝나면 내가 거짓말을 한 듯한 죄책감에 사로잡히게 된다.

세 번째 반응을 보인 사람은 대체로 무례하기 때문에 그다지 친해지고 싶지 않다. 그래서 그냥 웃어넘긴다. 언쟁을 벌이는 것도 상대에게 손톱만큼의 애정이라도 있어야 가능한 일이다. 어차피 상대도 큰 의미를 담아 한 말은 아니기에 동일 주제로 대화가 이어지지도 않는다. 가끔 운동 안 하게 생긴 외모는 어떤 거냐고 물어보고 싶긴 한데, 돌아올 대답이 시원찮을 것 같아서 그만두곤 한다.

가장 싫은 것이 두 번째다. 왜 운동에 돈을 쓰냐고 설교를 하는 사람들. 일방적인 우월감을 동반한 무례함으로 기분 나쁘게 만드는 사람들. 아무 말 없이 웃어넘기기엔 대화가 길어지는 경우다. 자신이 돈을 들이지 않고 운동을 하는 데 엄청난 자부심을 가진 사람이 대부분인데, 사실 그들은 내 경제 사정에 관심이 있는 게 아니다. 그저 나의 소비를 비합리적인 것으로 몰아감으로써, 그러한 비합리적인 소비를 하지 않고 운동을 하는 자신을 추켜세우고 싶을 뿐이다. 때문에 내가 반응하지 않아도 혼자 주절주절, 자신의 운동 히스토리를 읊어 대며 셀프 용비어천가를 쓴다. 내가 내 돈 쓰는데 무슨 상관이세요, 라고 말해도 소용없다. 용비어천가가 끝날 때까지 그의 귀에는 어떠한 소리도 들리지 않는다. 어떻게든 그 만남을 빨리 끝내는 것 이외엔, 그 고통에서 벗어날 방법이 없다.

왜 운동에 돈을 쓰는가.

나도 의문을 품은 적이 있다. 나는 자발적으로는 운동을 하지 못하는 것인가.

내가 살고 있는 곳 주변에는 산책로가 조성된 하천

이 있는데, 주말이면 꽤 많은 사람들이 그 산책로에서 조깅을 한다. 본격적인 차림새로 뛰는 사람도 있고, 샌들을 신고 가볍게 걷는 사람도 있다. 수 명의 사람들이 저마다의 걸음으로, 같은 방향을 향하는 흐름이 물결 같아서 보고 있으면 기분이 좋아진다.

나도 굳게 마음을 먹고 그 물결에 합류해 보기로 했다. 일요일 저녁에 뛰기로 친구와 약속을 했다. 혼자서는 도저히 집 밖으로 나올 것 같지 않아서 우정의 힘을 빌려 보기로 한 것이다. 그 결과는 이렇다. 첫 번째 주, 상큼하게 만나서 힘들게 뛰었다. 두 번째 주, 친구에게 무슨 핑계를 대고 나가지 않을까 고민하다 걸려온 전화에 미적미적 걸어 나갔다. 세 번째 주, 친구의 말투와 눈빛에서 나와 같은 욕망을 감지했다. 네 번째 주, 우정의 힘으로는 어찌할 수 없는 게으름을 인정하고 마지막 산책을 했다.

의문은 해소되었다. 나는 자발적으로 운동을 시작할 수는 있으나 지속하진 못한다. 지속성을 위해서는 무언가 강제적인 장치가 필요하고 그것이 내게는 지불한 비용이었던 것이다. '돈을 냈으니 가야 한다!'는 지극히 본전 찾기에 입각한 마인드다. 결론을 얻은 후부턴 고민 없이 운동에 돈을 쓴다. 돈을 내고 안 가는 것보다야 낫지 않은가. 낸 돈 아까운 줄 아는 소시민적인 인간이라 다행이지 싶다.

*

무라카미 하루키의 『달리기를 말할 때 내가 하고 싶은 이야기』를 읽었다. 무라카미 하루키는 33세에 달리기를 시작해서, 매일 4~50분씩을 뛴다. 아테네 마라톤을 비롯해 무려 울트라 마라톤까지 완주한 마라토너. 나는 단지 러닝머신 위를 달릴 뿐, 무라카미 하루키처럼 러너가 아니다. 그렇기에 그의 고백에 전부 공감할 수는 없다. 그럼에도 몇몇 문장은, 내가 운동을 하면서 느꼈던 감정을 머릿속에서 *끄집어내* 문자화한 듯했다.

계속 달려야 하는 이유는 아주 조금밖에 없지만
달리는 것을 그만둘 이유라면 대형 트럭 가득히

있기 때문이다.[*]

이 부분을 읽고는 격하게 고개를 끄덕거렸다. 그럼요. 그렇고말고요. 그러다 궁금해졌다. 나도 언젠가 무라카미 하루키처럼 쓰기 위해 달리는 것이 아니라 쓰는 것과 달리는 것 모두를 일상으로 만들 수 있을까. 그렇게 되면 무언가 달라질까. 언젠가 그렇게 되면 좋겠다. '운동이 싫다'고 인정하는 것에서 멈춰 선 지금으로서는 그 단계에 도달하는 것은 까마득하다.

좋다. 싫다.

단 두 음절의 형용사지만 이 단어에 대한 정의는 개개인마다 다르다. 예를 들어 자두를 한 번도 자기 돈으로 사 먹은 적은 없지만, 모임에서 자신의 몫으로 나오면 한 입 정도는 먹는 사람이 있다. 그러면 그 사람은 자두를 좋아하는 것인가, 싫어하는 것인가. 예전에 친구와 이 문제로 논쟁을 벌인 적이 있다. 친구는 그가 어쨌든 자두를 아예 안 먹는 것이 아니니 싫

[*] 무라카미 하루키, 『달리기를 말할 때 내가 하고 싶은 이야기』, 문학사상, 2009.

어하는 건 아니라고 했다. 나는 자두를 먹기 위해 약간의 수고도 하지 않은 것이니 싫어하는 거라고 했다. 그때 어렴풋이 깨달았다. 나는 시간과 수고를 들이는 것으로 좋고 싫음의 범위를 판단하는 인간이구나, 하는 것을.

그렇다면 나는 운동을 좋아한다고 말해도 괜찮지 않을까.

나는 확실하게 운동에 시간과 수고를 들였다. 게다가 운동은 보편적으로 하면 좋은 것으로 여겨진다. 텔레비전 예능 프로그램에서는 축구를 처음 한 여성 연예인들이 이전에는 몰랐던 즐거움을 알게 되었다고 눈을 반짝이고, 도전하는 재미를 알았다고 말한다. 운동 에세이도 마찬가지다. 대부분 운동이 얼마나 즐거운지, 운동을 한 후 얼마나 그것을 사랑하게 되었는지를 이야기한다. 그들의 열정적인 목소리가, 문장에 흘러넘치는 에너지가 좋다. 나도 운동을 좋아하는 셈 치고 슬며시 그런 사람인 '척'을 하고 싶어진다.

하지만 도저히 그럴 수가 없다. 딱히 정직한 사람이라서가 아니다. 운동을 좋아하는 셈 치자고 타협을 하면 그 뒤에 일어날 일이 빤해서다. 하루 운동을 빠져도 '난 운동 좋아하니깐. 싫어해서 빠지는 게 아니라 오늘 하루 쉬는 것뿐이야'라는 자기 합리화를 하다가 하루가 이틀이 되고 사흘이 되고 나흘이 될 것이다. LDL 수치가 어느 정도 안정을 찾으면 '난 운동을 좋아하니깐 언제든 다시 시작할 수 있어. 수치도 좋아졌으니깐 잠깐 그만할까'라며 육체의 편안함을 추구할 것이다. 그러고는 다음 검사 때 다시 엉망이 된 수치를 마주하게 되리라.

이 슬픈 상황은 내가 정말로 운동을 좋아한다면 일어나지 않을 일이다. 나의 '좋다'의 범위에는 시간과 돈을 들이는 것 외에 또 하나의 조건이 있다.

딱히 얻는 것이 없어도 지속할 것.

운동을 정말 좋아한다면 LDL 수치가 떨어지든 말든, 운동으로 얻는 어떠한 효능이 없어도 계속할 것이다. 그러나 얻는 것이 무엇도 없는데 뛰고 있는 내 모습은 쉬이 상상이 되지 않는다. 그러니 인정해야만 한다. 운동을 싫어한다는 것을. 인정하지 않으면 루틴을 반복하며 일상으로 밀어 넣으려 노력하지도 않을 것이다. 무언가의 루틴을 만든다는 건 때로는 그것을 싫어한다는 것, 혹은 상당한 각오가 없으면 그것을 지속할 수 없음을 인정하는 것이다.

단순히 오래 살기 위해 '싫다'는 감정과 마주한 것은 아니다. 좋아하는 것으로만 일상을 채울 수는 없다. 그러나 최대한, 좋아하는 일을 할 수 있을 만큼은 몸이 온전했으면 좋겠다. 그렇기에 꾸역꾸역 몸을 움직인다.

좋아하는 일을 손꼽아 보라면, 그중 하나는 역시 글을 쓰는 것이다.

*

어릴 적부터 책을 읽고 글을 썼다. 재미가 있든 없든, 잘 쓰든 못 쓰든 중요하지 않았다. 어린아이가 빈 공간이 있으면 낙서를 하듯 목표 없는 행동이었다. 사람들은 보이는 것만 보았고, 어린 나는 보이지 않는 부분을 세상을 향해 꺼내 놓는 방법을 몰랐다. 잔잔한 수면 아래 숨을 참은 어린아이가 무엇과 싸우는지,

범유진

왜 수면 위로 나오지 못하는지 궁금해하는 사람은 없다. 그들에게 중요한 건 자신들의 눈에는 수면이 잔잔하다는 것뿐이다. 어린아이는 그래도 힘을 낸다. 자기 나름의 방법으로 세상에 도와달라고 소리를 친다. 하지만 몇 번의 거절을 경험하게 되면 혼란스러워진다. 나는 대체 무엇이기에 이곳에 있어야 하는가, 아무도 도와주지 않는 것은 내가 가치가 없어서인가. 나는 책 안으로, 이야기 속으로 도망쳤다. 구원이 있는 이야기가 좋았다. 책 안에 구원이 있다면 현실에도 존재하리라. 그런 믿음을 가질 수 있었다.

들어 주는 사람 없는 비명을 글로 끄적거리며 어른이 되었다. 책과 글이 있어 나는 나를 해치지 않고 견뎠다. 그렇기에 책을 읽고 글을 쓰는 행위는 자연스럽게 나의 일상이 되었다. 의식하고 일과를 정해 반복하지 않아도 어떻게든 썼다. 새벽에 집을 나가 저녁에 귀가하던 때에도 버스에 앉아 썼듯이, 앞으로도 쓸 것이다. 지금도 나는 쓴다. 작가라는 직업을 가지고 일로써 쓰고, 직업이 아닌 개인으로서 쓴다.

글을 쓸 때 필요한 것은 무엇일까.

일찍이 버지니아 울프는 『자기만의 방』을 통해 이 문제를 본격적으로 다루었다. 『자기만의 방』에서 버지니아 울프는 연간 500파운드와 자기만의 방의 필요성을 이야기한다. 책 제목이 '자기만의 방'이기 때문인지 많은 매체에서 앞의 500파운드는 뚝 잘라 내고 공간에 대한 이야기만을 끄집어 오곤 하는데 그건 이 책의 화자인 메리 비턴의 노력을 절반으로 잘라 내는 행위다. 아니면 작가가 돈 이야기를 하는 것은 우아하지 않다고 여기는 걸까? 『자기만의 방』에서 버지니아 울프는 18세기 후엽, 여성들 사이에서 활성화되기 시작한 지적 모임은 여성이 글쓰기로 돈을 벌 수 있다는 사실에 기반을 두고 있음을 언급한다. 글로 돈을 벌 수 있다는 것은, 글쓰기가 여성들의 어리석은 자기만족이나 정신착란의 표식이 아닌 '중요성 있는 일'로 여겨질 수 있게 해 준 중요한 현상이었다. 이 책이 출판된 것이 1929년. 그로부터 근 한 세기가 지난 지금도 작가의 수입에 대해 논의하기를 꺼리는 것은 무엇을 의미하는 것일까.

연간 500파운드는 단순한 생계 유지비가 아니다.

범유진

『자기만의 방』의 화자인 메리 비턴의 연 500파운드
는 작고한 숙모인 메리 비턴에게서 받게 된 연금이다.
즉 메리 비턴이 원하지 않는 일을 하지 않아도 고정적
으로 손에 넣을 수 있는 수입인 것이다. 중요한 것은
'원하지 않는 일을 하지 않아도 되는 것' 이 지점이다.
샬럿 브론테가 자신의 소설 판권을 1,500파운드에
팔아야 했던 것을 생각해 볼 필요가 있다.

　또한 그것은 시간과도 연결된다. 글을 쓰기 위해서
는 시간이 필요하다. 글을 쓰겠노라 마음먹은 A씨의
하루를 가정해 보자. A씨는 회사원이고, 단편소설 한
편 분량(약 16,000자)의 초고를 쓰는 데 이백사십 시간
정도를 필요로 한다. 아침 9시에 출근하고 오후 6시
에 퇴근해 집에 온다. 누군가 생활을 돌보아 주지 않
는 이상, 냉장고를 채우고 식사를 준비하고 청소를 하
고 빨래도 해야 한다. 목욕도 해야 하고 밥도 먹어야
한다. 아무리 서둘러 해도 두 시간은 훌쩍 지난다. 밤
8시다. 이것도 통근 시간이 왕복 한 시간 이내이고, 야
근 없이 정시 퇴근이 가능하며, 돌보아야 할 가족이
없다는 전제 하에서의 단순한 계산이다. 현실은 이렇

게 단순한 일정으로 구성되지 않는다. 일정과 일정 사이에 수많은 이벤트가 채워 넣어진다.

A씨가 글을 쓰기로 마음먹었다면, A씨는 그 이벤트를 모두 무시하고 밤 8시에는 책상 앞에 앉아야 한다. 출근을 위해 아침 7시에 일어나려면 새벽 1시쯤엔 잠들어야 하리라. 그렇다면 A씨에게 남은 시간은 다섯 시간이다. 단순한 계산으로 A씨가 단편소설 한 편을 완성하기 위해서는 약 48일을, 수능 시험장에서 문제를 푸는 수험생과 같은 집중력으로, 단 1분도 책상 앞에서 일어나지 않고 글만 써야 한다.

A씨가 쳐 내야 하는 이벤트는 이런 것이다. 친구와의 만남, 독서나 영화 감상 등의 취미 생활, 혹은 운동 시간, 가끔은 수면 시간도 포함될 것이다. A씨는 기꺼이 이 모든 것을 깎아 내어 루틴을 만들어 낼지도 모른다. 고통스러워하며, 그 루틴을 어떻게든 일상으로 만들려 할 것이다. 내가 A씨의 친구라면, 그따위 루틴이 일상이 되는 걸 어떻게든 말릴 것이다. 그렇게 3, 4년쯤 지나면 혈관이든 허리든 정신이든 어디 한 군데는 망가질 확률이 매우 높기 때문이다.

범유진

예전에 체코 프라하에 갔을 때 프란츠 카프카의 작업실에 들렀다. 지금은 기념품 가게가 된 그 집은, 카프카의 막내 동생이 카프카의 작품 활동을 응원하며 얻어준 것이다. 나는 그 집 앞에 서서 버지니아 울프의 『자기만의 방』을 떠올렸다. 『자기만의 방』 어디에도 카프카가 언급되지 않음에도 그랬다.

프란츠 카프카는 보험회사에서 일했다. 오전 8시부터 오후 2시까지 업무를 하고 집으로 돌아와 3시부터 7시 반까지 잠을 자고, 한 시간 반쯤 산책을 했다. 그러고는 새벽 6시까지 글을 쓰고, 두 시간가량 잠깐 눈을 붙인 후 출근을 했다. 카프카가 낮잠을 잔 것은 그가 불면증에 시달렸기 때문인데, 이를 두고 낮잠을 자니 불면증에 시달렸다 말하는 것은 불면증 환자를 서글프게 만드는 농담이다. 불면증은 우울증과 스트레스에서 기인되는 경우가 있는데, 이 경우 밤이 되면 그 정도가 심해진다. 물론 그의 불면증에는 여러 원인이 있었겠지만, 카프카가 자신의 더블 잡(Double Job) 상태를 '기동 군사훈련'이라 칭했던 것을 상기하면 그것이 카프카의 스트레스의 원인 중 하나였음은 명백하다. 카프카의 낮잠은 그나마 불안이 덜 몰려오는 시간에, 살기 위해 행한 의식이 아니었을까. 혹은 자신의 글쓰기 루틴을 만들기 위한 고군분투였을 수도 있다.

낮잠을 포함해도 카프카의 수면 시간은 여섯 시간 정도였다. 그는 여섯 시간을 일했고, 여덟 시간 글을 썼으며, 여섯 시간을 잔 것이다. 글쓰기도 노동임을 인식하면 이 시간표는 매우 다르게 보이는데, 그는 총 열네 시간을 일한 것이 된다. 카프카는 41세에 폐결핵으로 세상을 떠났으며, 그는 단 한 편의 장편소설도 완성하지 못했다. 그가 완성작으로 발표한 소설은 모두 단편이며, 장편소설인 『소송』과 『실종자』 『성』은 모두 미완성작으로 남았다.

카프카의 작업실 바깥에서 안을 들여다보면서 카프카가 연 500프랑의 고정적인 수입이 있었다면 무엇이 달라졌을까를 생각했다. 적어도 그의 장편소설이 미완으로 남지는 않았을 것이다. 카프카의 작업실은 성인 4, 5명이 들어가면 꽉 차게 느껴질 정도로 아담하다. 카프카는 그 작업실을 온전한 '자기만의 방'

으로 여겼을까. 버지니아 울프의 '자기만의 방'은 잡다한 생각에서 벗어나 자신의 생각을 온전히 창작에 쏟아부을 수 있는 공간이다. 카프카는 작업실에서 그럴 수 있었을까. 저녁식사를 마치고 작업실로 향했을 카프카의 모습을 상상해 본다. 그 순간만은 그가 행복했기를 바란다.

모두가 전업 작가가 되어야 한다고 말하는 것이 아니다. 사람마다 글의 영감을 얻는 원천이 다르기에, 전업 작가가 반드시 더 좋은 글을 써 내리라는 보장도 없다. 전업 작가가 된다고 해서 안정적인 수익을 올릴 수 있을 거라는 보장은 더욱더 없다. 그러나 A씨가 하루에 여덟 시간보다 덜 일할 수 있다면, 그의 글이 더 빨리 완성될 확률이 높은 것도 사실이다. A씨가 자신이 원해서 작가 이외의 직업을 겸업하는 것과, 단순히 생활비를 벌기 위해 겸업을 해야 하는 것은 완전히 다른 문제다. 버지니아 울프가 말하고 싶었던 '500파운드'의 안정성은 바로 이 부분에 대한 이야기다.

그러나 대부분의 사람은 이러한 안정성을 가지지 못한다. 부모님이나 다른 후원자의 도움을 받거나, 복

권 등 불로소득의 덕을 보거나 하지 않는 이상 무리다. 많은 경우, A씨처럼 시간을 쪼개 글을 써야 할 것이다. 아마도 처음엔 글을 쓰기 위한 루틴을 만들 거다. 처음부터 글쓰기가 엄청나게 즐겁거나, 일상을 깎아 내는 게 아무렇지 않은 사람은 없을 테니깐. 힘겹게 '글쓰기 루틴'을 만들어서 그 끝을 일상에 이어 붙여 매일을 반복하려 노력할 것이다. 사람마다 글을 쓰는 타입은 모두 다르기에 이 루틴에 대해 감히 내가 조언할 수는 없다. 그러나 한 가지는 확실하다. 만약에 타임워프가 가능하다면 나는 작업실을 열고 들어가는 카프카의 옆에 나타나 외칠 것이다. "일단 불면증 치료를 해서, 루틴 좀 다시 짭시다!"라고. 루틴을 만들기 위해서는 분명 그때까지의 일상을 바꾸어야한다. 그러나 최대한, 일상을 '깎아 내는' 것이 아닌, 일상을 '다듬는' 정도에서 시작하기를 권한다.

다시 질문으로 돌아와 보자. 글을 쓸 때 필요한 것은 무엇인가. 버지니아 울프가 세워 놓은 이정표에 슬쩍 하나를 덧붙여 써 본다.

'건강'이다.

범유진

*

건강하다는 건 어떤 것일까. 세계보건기구(WHO)헌
장에서 정의한 건강은 '신체적·정신적으로 아무 탈
없이 편안한 상태에 놓여 있는 것'이다. 즉 단순히 질
병이 없거나 허약하지 않은 상태를 뜻하는 것이 아니
라 선척적인 것과 후천적인 것, 개인적인 것과 집단적
인 것, 사회적인 것과 공적인 것 등 의학과 환경, 사회
적 요인이 결집되어 판단 요소가 된다. 때문에 건강은
개인적으로는 절대적인 의미를 지닐 수 있으나, 전체
적으로는 완전한 건강을 누릴 수는 없는 상대적인 개
념이 된다. 동시에 사회성과 문화성, 정치성을 지닌다.

건강에 대한 세계보건기구의 정의는 물음표를 던
진다. 비만이고 당뇨가 있어 약을 복용하지만 식이조
절과 운동을 하면서 활발하게 사회생활을 하는 사람
과, 아픈 곳은 한 곳도 없지만 매일 체중을 재며 강박
에 시달리는 사람이 있다면 둘 중 더 건강한 쪽은 누
구일까? 선천적으로 육체적 장애를 가지고 태어난 사
람은 모두 건강하지 않은 것일까? 후천적인 장애를

가지게 된 경우, 그들은 모두 건강하지 않게 된 것일까? 애초에 장애, 혹은 병의 유무는 '건강'의 절대적인 기준이 될 수 있을까? 동일한 육체적 장애를 지닌 경우, 사회적 인프라가 갖추어진 사회와 그렇지 않은 사회에서 두 사람은 과연 동일한 건강 상태에 놓였다고 볼 수 있을까? 건강은 개인적으로는 절대적일 수 있다고는 하나, 개인은 결국 사회와 완전히 분리될 수 없으니 결국 누구도 절대적인 건강의 정의는 내릴 수 없는 게 아닐까.

그러니깐 여기서 내가 말하는 '건강'이란 지극히 주관적인 나만의 정의다. 타인에게 적용할 수도, 강요할 수도 없다.

나의 '건강한 상태'는 육체적이든 정신적이든, 내가 주체가 되어 판단할 수 있는 상태를 말한다. 이것은 결국 내가 주체적이지 않음을 인정할 수 있는 상태이기도 하다. 내가 주체가 되어 무언가를 판단한다는 것은 의외로 어려운 일이다. 지금 내가 입고 있는 옷을 산 것이 온전히 나의 판단 때문이라고 확신할 수 있을까? 그 옷을 사게 만든 외부적인 요인, 특히 마케

팅과 미디어의 유행은 그 판단에 조금의 영향도 주지 않았을까? 불가능하다. 세상과 단절된 채 집에 베틀을 놓고, 혼자 베 짜는 것부터 옷 만드는 것까지 다 해내지 않는 이상 완전히 영향을 받지 않는 것은 힘든 일이다. 그러나 내가 나도 모르는 사이, 타인의 영향을 받았다는 것을 인정하는 것은 썩 유쾌한 일이 아니다. 그래서 고집을 부리게 된다. 나는 주체적으로 판단 한 거라고. 주체성을 지키기 위한 고집이 결국 주체성을 잃게 만드는 것이다. 자신의 판단이 온전히 주체적인 것이 아님을 인정해야만 어떠한 부분에서 그러했는지 파악할 수 있다. 그리고 다음에 옷을 살 때는 의식적으로 그 부분을 재고할 수도 있다. 인정하지 않는다면, 그 어떤 변화도 일어나지 않을 것이다. 운동을 싫어한다는 걸 인정하는 것과 비슷한 맥락이다.

루틴을 짜는 이유는 각각 다를 것이다. 누군가는 글을 쓰기 위한 루틴을 만들고, 누군가는 공부를 위해, 누군가는 일단 무엇이든 해 보고 싶어서란 이유도 있으리라. 목적이 무엇이든, 루틴을 짜고자 정한 이유가 자신의 주체적인 판단에 의한 것인지 되돌아볼 일이다. 그것이 과연 건강한 루틴인지를. 일상을 '깎아 내는' 것이 아닌, 일상을 '다듬는' 루틴이기를 바라는 이유도 그것이다. 일상을 깎아 내다 보면 결국 자기 자신도 깎여 나간다.

*

수영을 배울 때였다. 나는 레슨 8회차를 채우도록 킥보드 없이 물에 뜨지 못했다. 일대일 레슨이 아니고, 단체 레슨이라는 게 문제였다. 단체 레슨은 정해진 진도가 있고, 그 진도를 따라가지 못하면 같이 레슨을 받는 사람들에게 폐를 끼치게 된다. 내가 받은 단체 레슨은 사람들이 일렬로 줄을 서고, 앞사람부터 시작해 한 바퀴를 돌고 오는 방식으로 진행되었다. 고로 내가 킥보드를 잡고 너무 느리게 앞으로 나아가면 뒷사람이 나와 부딪히게 된다. 뒤에 오는 사람이 수영 고수면 알아서 추월해 갈 테지만, 뒷사람 역시 초보이기에 충돌을 피할 순 없었다.

폐를 끼치지 않기 위해서라도 킥보드에서 손을 떼

범유진

야지 마음먹었다. 그런데 이상하게도, 폐를 끼치면 안 된다고 생각할수록 나는 가라앉았다. 강사는 내게 몸의 힘을 빼라고 했다.

레슨을 마치고 집에 돌아와 글을 쓰려고 책상 앞에 앉아 그 말을 곱씹었다. 도저히 진도가 나가지 않는 글의 흰 여백을 바라보며 곱씹고 또 곱씹었다. 힘을 빼라는 말. 어떻게 그게 가능할 수 있을까? 어릴 적부터 단 한 번도 힘을 빼고 살아 본 적이 없다. 죽고 싶다는 생각을 억누르는 데 에너지의 60%쯤은 사용해야 하는 인간은, 나머지 에너지를 있는 힘껏 끌어올려 매사를 긴장하고 살아야 그나마 성과를 낼 수 있다고 믿었다.

힘을 빼라, 는 말을 들어도 당장 어떻게 할 수 있을 리가 없다.

어떤 운동이든 처음 시작할 때에 내 몸은 내 것이 아니다. 몸에 힘을 빼고 허벅지에 힘을 주고 팔을 쭉 뻗어서 앞으로 나아가라는 설명을 들으면 어떻게 되느냐. 몸에 힘을 빼면 허벅지에도 힘이 빠지고 팔을 뻗으면 다시 힘이 들어가서 가라앉는다. 몸에 힘을 빼는

데에 성공한 뒤에, 허벅지에 힘을 주면 몸 전체에 힘이 들어가서 또다시 가라앉는다. 딱히 수영뿐만이 아니다. 대부분의 운동이 그렇다. 운동에 익숙해지는 것은 내 몸에 어떤 근육이 어디에 붙어 있고 어떻게 작동하는지를 의식하게 되는 것이구나, 싶을 때가 많다.

나는 힘을 빼라는 말을 들은 다음 레슨 때에도 가라앉았다. 종이의 흰 여백도 좀처럼 줄어들지 않았다. 나와 함께 레슨을 시작한 사람들은 다음 진도로 넘어갔고, 나는 새로운 초보반에 섞여 들었고, 한 달 뒤에 무사히 킥보드 없이 앞으로 나아갔다. 그것이 내 나름의 힘을 빼는 방법이었다.

*

좋아하는 것으로만 일상을 채우는 것과, 좋아하는 것을 인생에 채워 넣는 것은 다른 문제다. 좋아하는 것으로만 일상을 채울 순 없어도, 좋아하는 것을 좀 더 인생에 촘촘히 채워 넣을 수는 있다. 그러기 위해 싫어하는 일도 한다. 오늘도 "운동 싫어!"를 외치면서 집을 나선다. 영영 일상에 흡수되지 못할지라도 일단은 앞으로, 앞으로. 멈추지만 않으면 반은 성공이다.

조식과 루틴

조예은

조예은

제2회 황금가지 타임리프 공모전에서 「오버랩 나이프, 나이프」로 우수상을, 제4회 교보문고 스토리 공모전에서 『시프트』로 대상을 수상했다. 장편소설 『뉴서울파크 젤리장수 대학살』 『스노볼 드라이브』, 소설집 『칵테일, 러브, 좀비』 『트로피컬 나이트』 등이 있다.

1일 차: 탑동

  나는 지금 루틴을 피해 도망쳐 왔다. 에세이의 첫 문장은 검은 파도, 사람 한 명은 족히 들어갈 수 있을 것 같은 28인치 캐리어, 그리고 흑돼지 컵라면과 함께 시작한다. 이 첫 문장이 끝까지 살아남을 수 있을지는 확신할 수 없다. 28인치 캐리어 안에 조각난 채 담겨 파도 틈새로 사라질지도 모를 일이다.

*

한껏 의미심장하게 시작했지만 그냥 제주도로 휴가 왔다는 말이다. 작년에 엄마와 함께한 강릉행과 겸사겸사 1박 머문 지방 행사들을 제외하면 거의 2년 만의 제대로 된 휴가였다. 아, 노트북을 챙겨 왔으니 완전한 휴가는 아니다. 한숨 돌릴 생각으로 오긴 했으나 이번 여행에는 나름의 로망과 목표가 확실했다. 바로 파도 소리를 들으며 바닷가가 배경인 소설 초고와 에세이 한 편을 완성하는 것. 여행 계획 하나 없이 홀로 떠나온 이유기도 했다.

오전에 일정이 있어 저녁 비행기를 타고 온 탓에 첫 숙소는 공항과 최대한 가깝고 바다가 보이는 탑동으로 잡았다. 호텔 방 커튼을 걷자 건물 틈 사이로 제주의 밤바다가 펼쳐졌다. 해안 도로 너머로 아직 영업 중인 횟집과 음식점들이 네온사인을 빛내고 있었다. 바다가 이렇게나 가까이 있다니. 내가 정말 루틴을 떠나 제주도에 왔다니. 그제야 뒤늦게 설렘이 피어올랐다. 체력만 괜찮았다면 해안 도로를 따라 밤 산책을 했을 것이다. 하지만 지친 몸은 호텔에서 삼 분 거리의 편의점도 다녀올 수 없다고 파업을 선언한 참이었

조예은

다. 정말이지 꼼짝도 할 수 없었다. 비행기를 타기 전부터 굶주린 위장이 연속해서 비명을 질러 댔고…….
나는 지금 당장 무언가를 입에 처넣어야만 할 것 같은 충동에 사로잡혔다.

갈등하던 내가 선택한 건 호텔의 미니바였다. 난 지금껏 호텔에서 미니바를 사용한 적이 없었다. '나가면 한 캔에 삼천 원인 맥주가 호텔이 미리 사 뒀다는 이유로 육천 원인데 왜 그런 사치를 부린단 말이야?' 그런데 바로 그 사치를 부린 것이다. 단 다섯 걸음만에 식량을 손에 넣은 나는 자본주의의 달콤함에 젖어들었다. 간만의 여행이니 이 정도야.

냉장고 위 바구니에 구비되어 있던 건 익숙한 컵라면이 아닌 흑돼지 플레이크가 들어간 신상 컵라면이었다. 뭔가 정겨운 기분이 드는 테팔 커피포트에 물을 끓이고, 포장을 뜯었다. 갑자기 기분이 좋아져 냉장고의 맥주도 꺼냈다. 평일이라 그런지 호텔은 인기척 하나 없이 유독 조용했다. 이 넓은 건물에 나만 있는 기분이 듦과 동시에 오래전에 꾸었던 꿈이 떠올랐다. 바다 밑 깊은 곳에 지어진 커다란 빌딩에 홀로 서 있는 꿈이었는데, 꿈에서 깨어난 후에도 창밖의 어두운 풍경과 외로운 기분이 쉽게 사라지지 않아 노트에 적어 두었던 기억이 난다.

잠을 잘 자지 못했던 시기에 내 루틴 중 하나는 일어나자마자 노트를 펴는 거였다. 매일매일 오색찬란한 개꿈과 악몽을 꾸었고 그 이미지들이, 꿈속 감정들이 휘발되는 게 아까워 손이 닿는 곳에 노트와 볼펜을 두고 잠들었다. 핸드폰 메모장에 적는 게 훨씬 간편했지만 어째서인지 그럴 때마다 문장보다는 알아보기 힘든 단어를 나열하는 게 전부라 굳이 일어나 앉아서 노트에 기록했다. (지금 생각해 보면 누워서 손가락만 움직여 적는 것과 책상 앞에 앉아 볼펜으로 적는 건 잠기운을 떨쳐 내는 데 차이가 있을 수밖에 없을 것 같다.) 그 때문에 수면의 질은 좋지 못했을지언정 나에겐 꽤 두꺼운 일기장 한 권이 남았다. 현실에서는 절대 볼 수도, 경험할 수도 없는 환상 일기.

요즘도 글을 쓰다가 막힐 때는 종종 그 일기장을 꺼내 본다. 바다에 대한 꿈이 유난히 많이 적혀 있는데, 정말 바다 꿈을 자주 꾼 것인지 아니면 바다를 좋아하는 내가 난무하는 꿈속 이미지 중 바다만 골라 기록한 것인지는 모르겠다. 확실한 건 그 안에서 내가 본 풍경 속 바다가 지금 창밖으로 은은하게 일렁이는 제주 바다를 닮았다는 것이다. 또 그때의 루틴이 나에게 짧게라도 주기적으로 뭔가를 기록하게 했으며 당시의 기록이 현재의 작업에도 영향을 끼치고 있다는 사실이었다.

난 글을 통해 내가 목격한 꿈속 풍경처럼 낯설지만 아름다운, 고통스러울 만큼 외롭고 잠결에 눈물 흘릴 만큼 벅차오르는 장면을 보여 주고 싶다. 그때 쓴 일기장은 일종의 부적이 되었다. 요즘에도 선명한 꿈을 꾼 새벽이면 습관처럼 노트를 먼저 찾는다. 하지만 그 빈도가 현저히 줄어들어 이제는 루틴이라고 부르기엔 부끄러운 지경에 이르렀다. 무엇보다 그때만큼 휘황찬란한 꿈을 꾸지 않는다. 확실히 잠은 잘 자지만, 종종 아쉽기도 하다.

만족스러운 식사를 하고 노트북 앞에 앉았을 땐 어느덧 자정에 가까운 시간이었다. 배를 채우고 조금의 힘을 되찾은 나는 들뜬 기분으로 에세이의 첫 문장을 적었다.

여행지에서 낯선 풍경을 보며 작업하는 건 내 오랜 로망 중 하나였다. 비관적이었던 학창 시절에 내 꿈은 직종 상관없이 그저 프리랜서 혹은 재택 근무자였는데, 순전히 방학 없는 어른의 삶이 두려웠기 때문이다. 그리고 그때부터 차곡차곡 쌓은 근 백 개의 로망이 존재했다. 하지만 진실은 언제나 씁쓸한 법. 전업 생활을 한 지 2년째지만, 안타깝게도 그중 실행한 로망은 몇 없었다. 로망 실현은커녕 마감과 불안에 치여 집과 카페만을 오가는 단조로운 일상을 겨우 버티는 중이었다.

혹시라도 궁금하실 분들을 위해 그동안 나의 루틴을 소개하자면 이렇다. 오전 아홉 시에서 열 시 사이에 일어나 간단한 식사를 하고, 정신이 들 때까지 한참 동안 멍하니 앉아 있는다. (정말 그냥 멍하니 있는다. 아무것도 하지 않는다. 이 과정은 대략 삼십 분 정도 소요된다. 일종의 로딩 시간인데, 이 시간에 누군가 말을 걸면 짜증이 치솟는다. 아주 어렸을 때부터 계속된 습성이다. 부모님은 학교 가기 싫어서 그런 줄 알았더니, 아직까지도 아침만 되면 성격이 더러워진다고 역정을 낸다. 그러니까 말을 걸지 말라니깐…….) 그 뒤에 부랴부랴 나갈 채비를 끝내면 벌써 점심쯤이다. 노트북이 들어 있는 쥐색의 뚱뚱한 백팩을 메고 나가 그날 끌리는 프랜차이즈 혹은 스터디 카페로 향한다. 다행히 거주하는 곳이 대학가 근처라 작업할 만한 곳이 꽤 많다. 요즘엔 카페의 형태를 한 정액권 작업실도 있어서 기분 내키는 곳으로 골라 다닐 수 있다. 원하는 공간에서 일할 수 있다는 건 프리랜서의 몇 안 되는 장점이었다.

자리를 잡으면 그때부터 저녁 시간까지 원고 작업을 하거나 밀린 메일에 답한다. 업무 시간인 셈. 일을 충분히 하지 못하더라도 해가 지기 시작하면 나는 꼭 퇴근 시간이 다가오는 듯한 해방감에, 하루 종일 적정량의 노동을 수행했다는 착각에 빠지고 만다. 그럼 한 것도 없이 뿌듯한 기분으로 비척비척 집에 돌아와 밥을 먹고, 간단한 약속에 가거나 운동을 하거나 책을 읽거나 매달 4만 원씩 나가는 OTT 5종 세트 중 하나를 골라 들어간다. 몰입해서 볼 수 있는 콘텐츠를 찾아 하이에나처럼 아이패드를 맴돌지만, 드라마 한 편을 끝까지 완주하는 경우는 아주 드물다. '조예은 님이 시청 중인 콘텐츠' 라인업에는 초반 한 시간을 다 채우지 못한 무수한 시리즈들이 썸네일을 올리고 있다.

아, 재밌는 걸 보고 싶다. 어디 재밌는 거 없나? 재밌는 거! 재밌는 거!

나는 입버릇이 된 그 말을 주문처럼 되뇌다 다시 침대에 눕는다. 혹은 노트북을 켜고 다 끝내지 못한 일을 마저 하거나. 그리고 새벽 두 시에서 세 시 사이 다시 취침. 이게 일과의 끝이다. (적어 놓고 보니 생각보다 더 초라한 기분이 든다. 하지만 아무리 머리를 쥐어짜 내도 이 이상의 이야깃거리는 없었다. 과거의 나는 도대체 무슨 생각으로 루틴을 주제로 한 에세이를 쓰겠다고 한 걸까? 아무래도 원고료에 눈이 멀었던 것 아닐까?)

어쨌든, 지루할만큼 단조로운 일상이었지만 나는 한동안 꽤 만족하며 생활했다. 별거 없어 보여도 내 생활 리듬에 맞게 꼭 만들어진 일과는 하루의 피로도

조예은

를 줄여 주었고, 매일 같은 길에서 조금씩 다른 장면을 포착해 내는 건 소박한 즐거움을 선사했다. 반복적인 생활이 주는 안정감을 무시할 수 없다는 사실도 깨달았다. 더군다나 마감이 급할 땐 익숙한 환경이 집중력을 높이는 데 좋았다. 그렇게 꽤 규칙적인 1년을 보냈다. 이 안정감이 영원하다면 좋았을 테지만, 가장 최근에 낸 단편집의 후기에 적었듯 난 영원을 믿지 못하는 사람이다.

연말이 다가올수록 사람 마음이란 게 싱숭생숭해지기 마련이다. 정신없는 3분기를 보내고, 한 해의 끝이 코앞에 닥치자 나는 급격히 지쳐 버렸다. 아직 다 끝나지 않았는데도 올해가 사라진 것 같은 기분에 빠짐과 동시에 성실히 수행하던 모든 루틴들이 지겨워졌다. 염증과 함께 찾아온 것은 무기력증이었다. 매년, 이 시기쯤 나는 만사가 다 귀찮아 손가락 하나 꼼짝할 수 없고 모든 음식의 맛이 다 같은 맛으로 느껴지는, 하지만 처리해야 할 일은 여전히 산더미로 메일 한 통을 보낼 때마다 내 안의 모든 기력을 다 쏟아부어야 하는 구제 불능의 상태가 된다. 정확한 이유는 모르겠으나 그냥 체력 때문이겠거니 한다. 내년엔 꼭 운동 열심히 해야지.

보통은 며칠 아예 쉬거나 좋아하는 영화 몇 편을 다시 보면 괜찮아지는데, 이번에는 유독 오래 갔다. 감흥 없는 시기가 계속되자 아무것도 하지 않는데도 지치기 시작했다. 나에게는 새로운 자극이 필요했다. 그때, 바로 이 순간을 기다렸다는 듯이 광고 메시지 하나가 명랑하게 도착한 것이다. 한참 전에 가입했던 항공사의 특가 알림 메시지였다. 그 타이밍이 너무나 적절해서, 꼭 계시처럼 느껴지기도 했다.

[Web발신]
(광고)[OO항공] 국내*국제선프로모션 안내 링크

그렇게 나는 홀린 듯이 링크를 타고 홈페이지에 들어가, 제일 저렴한 날짜와 시간대의 예약하기 버튼을 눌러 버린 것이다…….

다시 탑동으로 돌아와서, 이곳에서 바라는 게 있다면 역시 오랜 로망 중 하나를 실현해 보는 것이다. 그

조예은

리고 원래의 루틴으로 돌아갈 힘을 얻는다면 여한이 없겠다. 이번 여행이 그저 그런 도망으로 끝나지 않고 충전의 시간이 되기를. 어, 그런데 사실 모든 휴가는 결국 도망 아닌가?

일정이 임박해 급하게 잡은 호텔은 바다가 가깝고 테이블이 넓어 꽤 마음에 들었다. 이 여행을 위해 28인치 캐리어를 샀는데, 상상했던 것보다 훨씬 커서 겨울 옷을 잔뜩 챙겨 왔는데도 공간이 텅텅 비었다. 작은 체구의 사람이라면 충분히 들어갈 만한 크기였다. 불쑥 파도 소리가 들리는 대저택을 배경으로 한 치정 살인 사건이 보고 싶다는 생각이 들었다. 간만의 새로운 환경에 죽어 있던 뇌가 숨 쉬는 것 같았다. 퐁퐁 활기가 솟아나자 심장은 맥박을 빨리했다. 그 기묘한 흥분의 상태가 어째선지 무척 편안했다. 뭐랄까, 입욕제를 푼 뜨거운 욕조에서 반신욕을 하는 기분이랄까?

노트북을 두드리다 시간을 보니 벌써 새벽 두 시였다. 체크인 때 오전 열 시까지 숙박에 포함된 조식을 먹을 수 있다는 안내를 들었다. 일어나서 잠옷을 입고

나갈 수는 없으니, 대충 씻고 챙기는 시간을 계산해
보면 여덟 시에는 일어나야 했다. 여행을 와서도 이렇
게 늦게 잠들다니. 나는 내일부터는 좀 더 여행지에
어울리는 생활 리듬을 가져야겠다고 다짐하며 침대
에 누웠다. 묵직한 호텔 침구를 덮자 전신이 녹아내리
는 듯한 착각이 일었다. 나는 그날 꿈 하나 꾸지 않고
깊게, 아주 잘 잤다. 염증 난 루틴을 피해 도망친 제주
도에서의 첫 밤이었다.

▊2-4일 차: 조식과 우롱차

나는 원래 아침을 먹지 않는다. 이유는 크게 두 가
지인데, 첫 번째로 아침에는 입맛이 없을뿐더러 가끔
부모님이 올라오실 때 말고는 차려 먹기 귀찮다. 끼니
가 되면 뭔가를 먹어야 한다는 사실이 갈수록 부담스
러워진다. 그리고 두 번째는, 내 애매한 기상 시간이
문제다. 앞에 적었다시피 나는 보통 오전 아홉 시에서
열 시 사이에 일어나는데, 아홉 시인 경우는 사실 거

조예은

의 없고 대부분 열 시쯤이다. 삼십 분가량의 로딩 시간과 전날 다 하지 못한 집안일을 좀 하고 나면 훌쩍 아침이 아닌 점심 식사 시간이 된다. 오전 시간이 눈 깜짝하는 사이에 날아가 버리는 것이다.

집을 나서기 직전, 배낭을 메고서 리넨 커튼 너머로 따스하게 들어오는 오후의 햇살을 보면 괜히 조급한 마음이 든다. 그 때문에 보상 심리로 새벽 작업을 더 하게 되고, 잠들 타이밍을 놓친 나는 눈이 시뻘게 진 채로 밤을 새 버린다. 그럼 또 늦잠을 자게 되는 악순환의 굴레. 건강에 안 좋을 게 뻔한 이 생활 패턴을 바꾸기 위해 숱하게 노력했지만, 결과는 늘 실패로 돌아갔다. 오전 일곱 시에서 여덟 시 사이 기상이 왜 그렇게 힘든 건지. 지금의 열 시 기상이 그나마 나아진 결과였다. 모닝커피는커녕 아침 식사는 꿈도 못 꾸는 게 당연하다.

그런데 왜 여행만 오면, 이상할 만큼 눈이 빨리 떠지고 평소엔 먹지도 않는 조식이 먹고 싶어지는 걸까?

제주도에서 맞이하는 첫 아침, 나는 새벽 세 시가

다 되어서야 잠들었음에도 불구하고 오전 일곱 시 오십 분에 눈을 떴다. 누가 깨우지도 않았는데, 심지어 알람이 울리기도 전이었는데 신기한 일이었다. 재빠르게 씻고 식당으로 향했다. 다섯 시간도 안 잔 사람이 맞나 싶게 몸이 가벼웠다. 매트리스와 침구 때문인가? 순전히 기분만으로 이렇게 가뿐한 상태가 된 것이라면 어딘가 배신당한 기분이 들 것 같았다. (평소에는 아무리 애써도 뜻대로 움직여 주지 않더니. 알람을 삼 분 단위로 스무 개를 맞춰 놔도 무의식의 내가 다 끄고 계속 잤다. 이 재수 없는 몸뚱이.)

내가 묵은 호텔의 식당은 1층에 있었는데, 뷔페식이었다가 얼마 전 세 가지 세트 메뉴 중 한 가지를 골라 주문하는 것으로 바뀌었다고 한다. 식당은 창이 컸고, 바다는 잘 보이지 않았으나 바깥 풍경이 시원하게 내다보였다. 날씨가 맑아 절로 기분이 좋아졌다. 나는 제주에서 직접 재배한 청보리콩으로 만들었다는 된장 수제비와 차가운 우롱차를 주문했다. 신이 나서 사진을 몇 장 찍는 사이 음료가 먼저 나왔다. 투명한 유리컵 안에 연녹색 찻물이 일렁였다. 풍기는 향이 향긋

조예은

했다. 딱 한 입을 먹고, 티백에 적힌 브랜드 사진을 찍었다. 그 다음엔 무슨 맥주 마시듯이 벌컥벌컥 마셨다. 환절기라 입 안이 쉽게 건조해졌을뿐더러, 차가 정말 맛있었기 때문이다. '집에 가서 주문해야지.' 검색해 보니 서귀포 쪽에 있는 한 카페에서 만든 티백이었다. 차 종류가 다양했는데, 하나같이 이름이 예뻤다. 비밀정원, 새벽빛 향기, 달그림자. 내 삭막한 루틴을 보다 향긋하게 만들 생각에 설레었다. 침대에서 나와 멍하니 앉아 있는 로딩 시간, 그 사이에 한 잔씩 마시면 딱 좋을 듯 했다.

이어서 음식이 나왔다. 나무 그릇에 정갈하게 담긴 수제비는 보는 것만으로도 입맛을 돋웠다. 당연하게도 맛있었다. 배추와 단호박이 함께 들어가 시원한 맛을 내는 국물이었다. 조그마한 접시에 함께 나온 보리밥은 탱글한 식감이 살아 있었으며 계란장, 버섯절임, 깍두기 같은 반찬들과도 잘 어울렸다.

나는 그릇을 깨끗이 비우고서, 한참 동안 자리에 앉아 겨울 햇살과, 야자수가 높게 자란 공원을 바라보다 일어났다. 지금 생각해 보면 그 여유가 서울에서의 로딩 시간이 아니었나 싶다. 은은하게 나를 괴롭히는 불쾌감은 하나도 없었다. 여행의 시작이 상쾌했다.

*

조식을 먹고 돌아와 든든한 배로 테이블 앞에 앉았다. 바로 나가 어디든 쏘다니고 싶었지만 이번 일정에는 목표가 있다. 나는 창밖으로 바다를 힐긋거리며, 들리지 않는 파도 소리를 상상하며 자판을 두드렸다. 고개만 돌리면 시야를 방해하는 전선이나 빌딩 하나 없이 깨끗한 하늘이 펼쳐졌다. 손가락이 부딪히는 타격음이 보다 경쾌했다. 문득 떠나오길 잘했다는 생각이 들었다. 하지만 그와 동시에 사서 걱정하길 좋아하는 내 성격이 또 초를 쳤는데, 아직 일정은 많이 남았음에도 불구하고 벌써 다시 돌아갈 날을 상상하자 심란함이 밀려드는 것이다.

간신히 실현한 로망을 잠깐의 로망이 아닌 루틴으로 굳히고 싶었다. 그러기 위해서는 이 공간이, 이 위치가, 그리고 무엇보다 조식이 필요했다. 내가 죽기 전까지 맑은 바다가 보이는 곳에 호텔 침구와 원탁이 있는 작업실을 가질 수 있을까? 무라카미 하루키는 가능할 텐데. 별장을 수십 개는 살 수 있을 거다. 아, 부럽다……. 그런 헛생각을 하며 오후까지 일하다 배가 고파질 무렵에야 호텔을 나왔다. 시간은 오후 한 시 반. 열 시 반에 노트북을 켰으니, 무려 세 시간이나 일한 것이다. 새삼스레 오전 시간을 이만큼이나 사용할 수 있다는 사실이 놀라웠다. 나는 그동안 얼마나 많은 오전을 버렸던가?

오후에는 여행객다운 시간을 보냈다. 음악을 들으며 해안 도로를 걷고, 바다를 잔뜩 보았다. 용연구름다리에서 바라본 풍경은 오래된 동양화 한 폭 같았다. 거기서 또 한참을 걸어 무슨 건축상을 받았다는 카페에서 커피를 마셨다. 점심으로는 흑돼지 멘치카츠를, 디저트로는 치즈를 넣어 자른 곶감을 먹었다. 여섯 시가 넘어가자 빠르게 해가 졌다. 대충 눈에 띄는 해장국집에서 고사리 육개장을 먹고 숙소로 돌아왔다. 핸드폰을 확인해 보니 만삼천 보를 걸었다. 발바닥이 아팠으나 꼭 등산에 성공이라도 한 것처럼 개운했다. 나는 기분 좋은 피로감을 안은 채, 자기 전까지 자판을 두드렸다.

그리고 이런 일상을 다음 날에도, 그다음 날에도 반복했다. 나는 호텔에서 제공하는 세 가지 조식 메뉴를 전부 먹어 볼 수 있었다. 새벽 두 시 전에 잤고 여덟 시 반에 일어났다. 차가운 우롱차가 목구멍으로 넘어가면 비로소 하루를 시작하는 기분이 들었다. 어디선가 습관을 만드는 데에는 단 사흘의 시간이 필요하다는 말을 들었다. 나는 조식과 우롱차가 만들어 준 오전 루틴을 잃지 않고 돌아갈 수 있을까?

내일은 숙소를 옮기는 날이었다. 그곳은 조식이 나오지 않는다.

5-8일 차: 파도와 술

두 번째 숙소는 애월의 한 포구에 자리 잡고 있는 조용한 호스텔이었다. 1층 로비에서도 애월 바다가

조예은

보인다는 것과 모든 방이 오션뷰란 점이 마음에 들어 예약했다. 장기 숙박자를 위한 저렴한 방도 있어 나에겐 아주 제격이었다. 창문을 열어 두면 방 안에 파도 소리가 은은하게 차올랐다. 그곳에서도 작은 루틴을 몇 가지 만들었는데, 첫 번째는 아침에 일어나자마자 창문을 열고 세수도 하지 않은 채 책상 앞에 앉는 것이다. 내가 묵은 방은 침대가 아주 높은 곳에 있어서 사다리를 타고 내려오는 중에 잠이 다 깼다. (잠을 깨지 않으면 위험할 정도의 높이였다. 누워서 아래를 내려다보면 아찔해진다.) 로딩 시간 없이 바로 정신이 든다는 사실이 기적 같았다. 차갑고 가파른 사다리를 타고 내려와 장판 바닥을 딛고 서면 은은한 파도 소리가 귀에 닿는다. 팔을 뻗어 창문을 조금 열면 그 틈으로 바다가 파고든다. 지난 호텔에서는 파도 소리가 들리진 않았으니, 이쪽이 좀 더 로망 실현에 가까웠다.

옮긴 숙소에 짐을 풀고 잠든 다음 날, 나는 며칠 동안 유지하던 오전 여덟 시 기상에 실패했다. 역시 조식의 유무가 영향을 미치는 걸까? 며칠 부족했던 잠을 한 번에 자는 것처럼, 옮긴 숙소에서의 둘째 날 나는 정오에 눈을 떴고 오후 한 시가 되어서야 미적미적 이불 밖으로 기어 나왔다. 얼굴에 선크림을 치덕치덕 바르며 파도 소리를 들었다. 우롱차를 마시고 싶다고 생각했는데, 방 안에서 취식이 불가라 조금 아쉬웠다.

그 숙소에 있었던 내내 나는 파도와 함께 작업했다. 다행히 이틀이 지나자 기상 루틴은 다시 여덟 시로 돌아왔다. 일어나자마자 바로 책상 앞에 앉아 배고파질 때까지 노트북을 두드렸다. 열한 시즘이 되면 나갈 채비를 시작했다. 그러는 동안 창밖으로 보이는 바다는 하루하루 다른 물빛으로 반짝였다. 비가 온 날에는 좀 더 짙었고, 날이 맑은 날에는 선명한 청록색을 자랑했다. 파도 소리도 마찬가지였다. 어느 날은 귀를 기울이지 않으면 듣지 못할 정도로 옅었고, 어느 날은 물이 아니라 하늘이 내는 소리처럼 흉포했다. 빗소리와 섞여 보다 둔하고 축축할 때도 있었다. 그 때문에 며칠 동안 반복한 루틴이 전혀 지루하지 않았다. 나는 매일 다른 소리를 들었고, 다른 풍경을 보았다.

바다가 가까운 그 방에서 혀를 잘린 인어가 나오는 이야기를 썼다. 아직 마지막 장면은 쓰지 못했는데,

조예은

내가 보았던 파도들을 꼭 넣고 싶다.

파도, 하니 한 가지 기억이 떠오른다. 내 머릿속에 가장 강하게 남은 파도는 수학여행 이후 처음 온 대학교 2학년 때의 제주도 금능 포구에서 보았던 파도다. 그때도 역시 다짜고짜 떠났던 나는 하필 유독 바람이 거셌던 10월 말에 그곳을 찾았고, 정말 작은 집 한 채만 한 파도가 포구의 비죽이 튀어나온 곳을 집어삼키는 장면을 보았다. 위험 진입 금지 팻말이 너덜거리고, 그 근처에 사람이 가지 않을 뿐 대부분의 가게들이 정상 영업이었던 걸 봐서는 종종 있는 풍경인가 싶었다. 나는 난생처음 마주한 자연의 박력에 압도당했었다. 그 파도를 다시 보고 싶어 묵었던 기간 내내 금능 포구에 들렀지만 이후로는 보지 못했다.

*

그곳에서 은밀하게 즐긴 루틴이 하나 더 있는데, 바로 술이다. 1층 로비의 카페는 오후 여섯 시부터 바로 변해 간단한 맥주와 칵테일, 안주를 함께 팔았다. 로비는 넓었고, 간단한 취식도 가능했으며 의자와 테이블이 노트북을 두드리기에 아주 제격이었다. 게다가 전면 창으로는 밤바다가 내다보였다. 너무 어두워서 아무것도 보이지 않았지만. 어쨌든 밤바다가 앞에 있다는 사실만으로도 나는 신이 났다. 본래 혼술은 그리 즐기지 않는 편이었지만, 여행은 기분이니까. 그 모든 요소들이 나를 매일 밤 하이볼 한 잔으로 이끌었다.

어두운 조명에 재즈 음악이 섞인 파도 소리, 밤바다와 원목 테이블, 사실 그 분위기에는 위스키를 마셨어야 한다고 생각한다. 문제는 내가 위스키를 못 마신다는 거다. 난생처음 온더록을 주문해 본 건 영화 〈소공녀〉를 본 날이었다. 친구들과 향한 을지로의 칵테일 바에서 호기롭게 온더록을 주문했지만 딱 두 모금 마시고 관뒀다. 도대체 그 쓴 걸 무슨 맛으로 먹는 건지? 달달한 과일향이 나는 하이볼이 나에겐 최선이었다.

그 호스텔에서 묵는 내내, 나는 오후 여덟 시에서 로비 소등을 하는 열한 시까지 딱 한 잔의 술과 함께했다. 하이볼, 맥주, 커피맛 나는 슬러시에 위스키와

조예은

크림이 섞인 칵테일을 돌아가며 마셨다. 다행히 그곳의 모든 술의 도수가 낮아 가능한 일이었다. 나는 애주가도 아니고 그냥 신이 난 여행객이니까. (뒤늦게 술을 가끔 폭음하는 것보다 조금씩 매일 마시는 게 몸에 더 안 좋다는 기사가 떠올라 걱정스럽다. 고작 4일인데 괜찮겠지?)

그 숙소에서의 마지막 날에는 이 근방에서 제일 핫하다는 LP바에 갔는데, 잔뜩 겁을 집어먹고 갔던 것에 비해 혼자 책 읽는 사람들이 많아 안심이 되었다. 아는 노래가 없어 〈중경삼림〉의 OST를 신청했고, 미도리 샤워에 친절한 직원분이 건넨 귤을 안주 삼아 까먹은 뒤 숙소로 돌아왔다. 돌아오는 길에는 해안 도로를 따라 느리게 걸었다. 술에 밀려 적지 않았지만, 술만큼이나 매일 즐겼던 산책로였다. 따라가다 보면 정자가 하나 나오는데 그곳에서 매일 항구를 바라보았다. 밤의 항구. 파도와 술 한 잔이 애월에서 내 루틴의 전부다.

아, 그렇게 이 여행의 끝이 다가오고 있었다.

9-10일 차: 다시

사실 이 여행기는 생략한 부분이 많다. 나는 사실 길게 머무른 만큼 숙소도 더 많이 옮겼고, 관광도 부지런히 하였으며 글은 생각보다 많이 쓰지 못했다. 그래도 위에 적은 것들은 전부 진짜다.

돌아가야 하는 날이 얼마 남지 않은 밤에, 나는 첫날 떠올린 목표들을 곱씹었다.

- 에세이 한 편과 소설 초고를 완성하는 것. 사실 둘 다 완성은 하지 못했다.

- 오랜 로망은 원 없이 실현했다. 그리고 그걸 로망이 아니라 현실의 루틴으로 만들고 싶어졌다. 언젠가 파도 소리가 들리는 작업실을 구해야지. 꼭.

- 본래 루틴으로 돌아갈 힘도 얻었다. 무엇이든 재밌게 읽을 수 있을 것 같았고 무엇이든 쓸 수 있을 것 같았다. 비록 기분뿐이라도. 아니, 비록이 아니다. 나는 바로 그 기분을 찾으러 온 것이니까. 이 정도면 성공한 도망 아닐까?

조예은

여행 마지막 이틀 동안은 다시 제주시로 돌아와 동쪽 해변에 갔다. 함덕 해변가에서 귀여운 소라게들을 만나 영상에 담았다. 투명한 물과 함께 흔들리는 해초들을 보며 근처 책방에서 산 책을 읽었다. 나머지는 지인들에게 줄 조그만 선물을 사는 데 시간을 다 썼다.

마지막 숙소는 첫날 묵었던 곳과 같은 호텔이었다. 사실 떠나오기 전, 일부러 마지막 이틀의 숙소를 잡지 않았다. 워낙 급하게 떠나온 것이기도 했고 여행의 끝자락에 가장 끌리는 장소에 머물고 싶었기 때문이다. 결국 공항이 가까웠던 첫 호텔로 돌아와 다시 조식을 먹으며 여행을 마무리했다. 여행 시작 때의 설렘을 추억하고 싶었다.

체크아웃 전 마지막 조식은 첫날과 같이 청보리콩 수제비를 먹었다. 호텔 로비에서 즐겨 마셨던 우롱차를 팔아 몇 박스를 사 왔다. 내가 다시 돌아온 걸 알아본 직원분이 귤을 건넸다. 아, 제주도에는 정말 귤이 많았다. 음식점에서도, 기념품 숍에서도, 호텔이나 칵테일바에서도 다들 선뜻 물었다. 귤 드실래요? 친절한 사람들이 건넨 노란 귤. 올겨울은 귤을 먹을 때마다 먼저 만났던 그 귤들을 떠올릴 것이다.

한 가지 신기하고도 감격스러운 사실은 여행이 끝나고 한참이 흐른 지금까지도 나는 아침 여덟 시에 눈을 뜬다는 사실이다. 조식도 없고 파도 소리도 없는데 말이지. 루틴을 피해 도망친 여행지에서 그토록 원하던 새 루틴을 만들었다. 생각해 보면 많은 일들이 그렇다. 예상치 못한 계기로 전혀 다른 지점에 도달하고, 그렇게 튕겨지거나 도망친 곳에서 새로운 동력을 얻기도 한다. 그러자 불쑥 어떤 생각이 머리를 스쳤다. 어쩌면 이런 도망을 내 루틴의 하나로 볼 수 있지 않을까? 초고를 쓴 다음 퇴고를 반복한다. 같은 글을 계속 보다 보면 어느 순간 턱 막히는 지점이 온다. 고친 부분을 모조리 다시 되돌리고, 또다시 고치고를 반복한다. 그럴 땐 차라리 원고를 뒤집어 놓고 한 사흘 뒤에 보는 게 더 낫다. 아예 다른 작업을 시작할망정 잠시 손을 놓는 시간이 필요하다. 그래야 놓쳤던 부분이 다시 보이고, 맑아진 머리로 수정할 수 있다. 이야기는 전혀 다른 쪽으로 방향을 틀기도 하고, 캐릭터의 성격 자체가 바뀌기도 한다.

조예은

뭔가를 하고 싶어서 돌진하는 마음보다는 하기 싫어서 피하는 마음으로 얼결에 한 발을 내디딘 것들이 여기까지 왔다. 그간 삶의 궤적이 도망으로만 이루어져 있는 것 같아 나 자신을 믿지 못한 시기도 있었다. 그래도 뭔가를 보고 읽고 쓰는 것만큼은 내가 제일 오래 좋아하고 있는 일이다. 작은 도망을 루틴으로 포함시킬망정, 지금 발을 딛고 서 있는 이곳에서는 더 이상 도망가지 않겠다는 마음으로 버티고 있다. 이것만은 확실하다.

내 이야기는 보통 머리를 스치는 장면 하나에서 시작한다. 바다로 둘러싸인 이곳에서 꿈과 닮은 장면들을 많이 보았다. 흐리멍덩하게 떠오른 장면들에게 서사를 주는 작업이 즐겁다. 하지만 차마 아직 꺼내지 못한 장면들도 있다. 그 모든 장면을 가장 정확하게 꺼내 보일 수 있을 때까지, 나는 루틴을 피해 도망치고 다시 돌아오기를 반복하겠지. 그 지리멸렬한 과정을 상상하자 오히려 즐거워졌다. 내 루틴은 아마 루틴이라는 말이 의미 없을 정도로 들쑥날쑥하겠지만 그게 바로 동력이자 매력이 될 것이다. 매일 다른 모습으로 일렁이던 파도와 같이.

지금 나는 서울의 내 방에서 에세이를 마무리하고 있다. 김이 서린 찻주전자에는 제주도에서 마신 것과 같은 우롱차가 진하게 우러나고 있다. 방 안에 기분 좋은 향이 퍼졌다. 이번 겨울을, 어쩌면 앞으로의 겨울을 함께할 향기다.

조예은

삶은 작은 것으로 구성된다
는 것

조해진

조해진

2004년 「여자에게 길을 묻다」로 《문예중앙》 신인문학상을 수상하며 작품 활동을 시작했다. 장편소설 『로기완을 만났다』 『단순한 진심』 『완벽한 생애』, 소설집 『빛의 호위』 『환한 숨』 등이 있다. 신동엽문학상, 이효석문학상, 김용익소설상, 백신애문학상, 대산문학상, 김민중문학상, 동인문학상 등을 수상했다.

intro

이런 문장을 쓴 적 있다. '말이란 마음에서 나오는 것이지만 어떤 말은 마음을 만들기도 한다'(〈시간의 거절〉,『빛의 호위』).

수년 전에 쓴 이 문장은 루틴을 테마로 글을 써야 하는 지금의 내 상황과 절묘하게 어울린다. 지금껏 나는 루틴을 정해 놓지 않은 채 살아왔(다고 믿어왔)고, 그래서 말로든 글로든 정리해서 표현할 필요를 느끼지 못했다. 내 일상의 중심에 글쓰기가 있는 건 분명

하지만 글쓰기를 제외한 활동의 목록은 너무 흔하고 시시하기까지 해서 내보일 만한 게 없다는 생각과 함께. 고백하자면, 나는 규칙을 좋아하지 않고 전혀 부지런하지 않다. 내 일상을 거친 크로키처럼 묘사한다면 '눈을 뜨면 읽거나 쓰다가 밥을 챙겨 먹고 다시 읽거나 쓰다가 잠든다' 정도일 것이고, 나는 루틴을 크게 의식하지 않은 채 살아온 내 삶의 방식을 재단하거나 평가하려 하지 않았다.

적어도 루틴에 대해 써 달라는 청탁서를 받기 전까지는.

그러니 루틴에 대한 글(을 써야 하는 상황)이 결국 루틴을 고민하고 돌아보는 마음을 직조하게 된 셈이다, 어떤 말이 마음을 만들기도 하듯이…….

10:00 PM

루틴을 돌아보는 마음을 품은 채, 나는 방금 전 산책을 다녀왔다. 밤 10시 즈음 집에서 나가 한 시간 정

조해진

도 목적지 없이 내처 걸었는데, 밤까지 밀린 일을 할 때면 산책 시간이 아예 자정 이후로 넘어가는 날도 있지만 평소에는 이렇듯 밤 10시 정도에 산책을 나가곤 한다.

산책, 그러고 보니 나는 외부 행사나 저녁 약속이 없으면 대개 산책을 해 왔다.

산책을 좋아하게 된 시점은 아마도 등단 시기와 맞물릴 것이다. 그러니까 스물아홉 살 겨울, 기다렸지만 준비는 되어 있지 않았던 작가로서의 삶이 시작된 이후부터…….

등단 소식을 전해 들은 날, 구름 위에 앉아 떠다니는 것 같은 벅찬 기쁨이 내 몸 안에서 물결처럼 찰랑댔던 것을 기억한다. 단순한 기쁨이 아니었다. 신비롭게 기뻤다고 해야 할까, 비정형의 행복이었다고 하면 맞는 표현일까. 작가로 공식적인 인정을 받았다는 것이 도무지 믿기지 않았고 언젠가 내 책이 누군가의 책장에 꽂힐 수도 있다는 가능성은 가슴을 뛰게 했다.

그때는 그 기쁨에 유효기간이 있다는 것을 알지 못했고 알 필요도 없었다.

나는 작가가 되었다.

작가인데, 아무도 등단작 이후의 작품을 궁금해하지 않는 작가…….

지금은 그것이 당연한 이치란 걸 알지만 서른 무렵의 신인 작가였던 나는 그 어디에서도 소설 청탁서를 보내오지 않는 현실이 조금씩 불안해지기 시작했다. 등단은 시작을 의미할 뿐이고 좋은 소설은 단기간에 완성되지 않는다는 걸 생의 진리로 체득하기 전까지 내가 지불한 건 단 하나, 시간이었다. 불안의 다발을 싣고 끊임없이, 지치지 않고, 오차나 오류 없이 달려오는 기차 같은 시간이었다.

그래서, 무작정 걷기 시작했다.

사전에는 산책의 의미가 '휴식을 취하거나 건강을 위해서 천천히 걷는 일'이라고 나와 있는데, 당시의 내게 산책은 그렇게 유용한 행위는 아니었던 듯하다.

조해진

그저 시간이 많았고 그 시간에 실려 있는 불안을 소비하고 싶어서, 라고 표현해야 더 맞는 표현이리라. 영원히 지속될 것만 같아서 아깝기는커녕 지겹기만 했던 그때의 시간이 그 나이의 특권이라는 걸 어렴풋하게나마 깨달은 건 마흔에 가까워지면서였다.

지금은 불안을 질료로 한 마음을 태우기 위해서라기보다 소설을 고민하고 싶어 걸을 때가 많다. 독자의 입장에서 내 소설을 바라보는 거리 감각, 가능하다면 그 감각 하나만을 장착한 채 걸으려 애쓴다. 예전보다는 훨씬 더 실리적인 산책을 하고 있는 셈이다.

북토크나 강연에서 소설은 작가가 마지막 문장에 마침표를 찍을 때 한 번, 독자가 읽을 때 다시 한번 완성된다는 말을 종종 했다. 책이라는 사물에 한에서는 구매가 곧 소유가 되지는 않는다고도. 시간을 들여 그 책에 인쇄된 문장 하나하나를 독해하지 않는다면 책이 아니라 종이 뭉치만을 갖는 것에 불과하니까. 걸으면서 구상 단계에 있거나 집필에 들어간 소설을 다른 사람의 시선으로 바라보려 하는 건 그래서이다. 아무런 정보 없이 내 소설을 선택한 한 사람이 책을 펼친 순간부터 소설 속 세계에 스며들게 하고 싶어서, 그러니까 내가 꿈꾸는 건 N명의 독자가 N번 완성하는 소설을 쓰는 것, 그 소설들이 그와 나의 생각과 감정과 고민이 만나는 장(場)이 되게 하는 것……

산책 코스는 거주지와 겹치는 서울의 강서 지역이다. 곧 강서 주민 40년차를 맞는 나는 화곡동, 신월동, 목동, 염창동, 가양동을 거쳐 지금은 등촌역 근처에서 살고 있다. 아주 가까운 곳에 규모가 꽤 큰 전통시장이 있고 백 보면 둘레를 다 돌 수 있는 작은 공원이 반경 2킬로미터 안에 두어 개 있다.

합정과 망원, 광화문 역시 내가 자주 산책을 나가는 행정 구역이다. 보통은 조용한 커피숍을 찾아 서너 시간 작업을 한 뒤 봄과 여름의 나무들, 가을 거리에 떨어진 낙엽들과 금속처럼 차가워 보이는 겨울의 거리 풍경을 눈여겨보며 걷는다. 간혹 먼저 다가오는 길고양이가 있으면 파우치 안에 쟁여 놓고 다니는 츄르(고양이용 습식 간식)를 꺼내 먹이며 오래오래 살아

남으라는 인사를 남기고, 빈 상점이 나타나면 그 앞에 우두커니 선 채 남들의 눈에는 보이지 않는 인물들을 그곳에 세워 보기도 한다. 한강과 안양천, 김포공항을 걸을 때도 있다. 공항은 내가 특히 좋아하는 공간이다. 여권과 짐 가방, 비행기 티켓 없이 공항에 가는 사람들의 모임이 만들어진다면 기꺼이 가입하고 싶다. 비행기와 비행기 소리를 좋아하는 건 향수(鄕愁)와 연관되어 있는지도 모르겠다. 신월동과 화곡동에서 사춘기 무렵까지 살았던 나는 비행기가 장난감 모형 크기로 하늘을 가르고 구름을 헝클이는 걸 보면서 몽상가로 성장했으니까. 때로는 아무 버스나 타서 아무 데서나 내려 낯선 동네를 하염없이 걷기도 한다. 서울의 주택가는 사실 풍경이 비슷비슷해서 나는 때때로 전경린의 소설 속 한 문장—그런 소읍은 우리나라 도처에 있다. 어느 곳이든 크기만 조금씩 다를 뿐 구조는 같은 삶의 테마파크였다*—을 떠올리며, 폐점 시간도 휴무일도 없는 서울이라는 거대한 테마파크를 유랑

* 전경린, 『이마를 비추는, 발목을 물들이는』, 문학동네, 2017.

하는 여행객을 가장해 보기도 한다.

산책을 끝내고 집으로 돌아가려면 다시 시장을 통과하게 된다. 사람들로 북적이는 한낮의 시장은 그야말로 에너지로 넘치지만, 상점마다 천막이나 셔터를 내린 밤 시간의 시장은 무대 뒤편처럼 어둡고 쓸쓸하다. 한 시절 내가 가장 사랑했던 소설은 패트릭 모디아노의 『어두운 상점들의 거리』인데, 폐점한 상점들이 즐비한 시장을 지나갈 때면 그 소설의 첫 문장—나는 아무것도 아니다*—이 기억 저편에서 고요히 되살아나곤 한다. 이십 대의 내게 그 문장은 때로는 주술 같았고 때로는 연애편지의 서두 같았다. 시장은 밤 9시 무렵이면 대부분의 상점들이 문을 닫지만 어느 모자(母子)가 운영하는 작은 분식집은 자정 넘어서까지 문을 열어 놓는다. 귀가가 늦어진 날에도 밤길이 그리 걱정되지 않는 건 그 분식집만은 불을 밝히고 있다는 걸 알아서이다. 근처 독서실이나 스터디카페에서 공부하던 고등학생들과 대리운전 기사로 보이는

---

* 파트릭 모디아노, 『어두운 상점들의 거리』, 문학동네, 2010.

조해진

남자들, 혹은 야식을 찾으러 나온 젊은 연인들이 분식점 앞에서 하얀 김이 피어오르는 어묵을 베어 먹거나 짧은 나무꼬치로 떡볶이니 순대를 찍어 먹는 모습은 늘 애틋하다. 설날과 추석을 앞둔 시기엔 서너 군데의 방앗간마다 빛과 소음으로 가득한데, 고무장화를 신고 긴 앞치마를 두른 채 떡시루를 나르고 곡물을 점검하는 방앗간의 노동은 내 게으른 일상을 돌아보게 한다. 지금 사는 집을 떠나 먼 곳으로 이주하게 된다면, 그동안 셀 수 없이 지나다녔던 시장과 시장을 지켜 온 사람들을 나는 가장 그리워할 듯하다. 맛으로 승부하겠다는 듯 단 한 번도 덤을 준 적 없는 단호한 표정의 붕어빵 할머니, 세상에서 가장 고소하게 땅콩을 구울 줄 아는 청과물 상점의 아주머니와 그분이 거두어 키우는 길고양이, 그리고 아무리 꾸미고 나가도 매번 나를 '어머니'라고 부르는 과일 가게 청년…….

그렇다고 내게 산책이 하루의 끝은 아니다.
생애의 대부분을 야행성 인간으로 살아온 나는 산책 이후에야 하루 중 가장 중요한 일을 할 때가 많다.

그렇다고 집에 돌아오자마자 바로 그 일―쓰는 작업을 하는 건 아니다. 일단 씻어야 하고 씻은 후엔 간단한 야식(이라고 쓰지만 저녁 식사에 가까운)을 먹어 두어야 하는 것이다. 유튜브를 틀어 놓은 채 아침에 배달된 신문이나 1년 단위씩 정기 구독 하고 있는 시사 잡지 같은 걸 읽을 때도 있고 눈에 거슬려서 당장 해결하지 않으면 안 되는 집안일을 할 때도 있다. 가끔은 나처럼 하루를 늦게 폐점하는 친구들과 통화를 하며 속 깊은 이야기를 나누기도 한다.

그리고 이 모든 일들이 어느 정도 마무리되면, 나는 싱크대 앞에 서서 와인을 딴다.

11:30 PM

누구에게나 능력은 부족하지만 애정이 넘치는 대상이 있게 마련이다. 내게도 그런 대상이 여럿 있는데, 그중 하나가 술이다. 주량은 평균을 밑돌지만 꾸준히, 그리고 자주 마셔 온 사람, 나에 대한 스스로의 정의 중 하나…….

한때는 맥주만을 마셨다. 작업을 할 때면 투명한 컵에 맥주를 콸콸 따르고는 치익, 하며 거품이 꺼지는 소리를 경청한 뒤 한 모금씩 아껴 마시곤 했다. 보통 일주일에 한두 번씩 대형마트나 편의점에 들러 고심해서 맥주 캔을 골라 바구니에 담곤 했는데, 버드와이저와 필스너, 카스처럼 깨끗한 라거 종류를 특히 선호했다. 맥주에서 와인으로 주종이 바뀐 건 마흔 무렵부터였다.

와인은 죄책감이 거의 들지 않아서 좋았다. 와인에서 연상되는 것들—포도(때로는 블루베리, 때로는 사과)와 오크통, 숙성의 시간—에 인위적인 요소는 없어 보이고 몸에 나쁠 것 없다는 생각을 하며 안도감마저 느끼는 것이다. 와인을 좋아하게 된 이유는 또 있다. 나이가 들수록 따뜻하고 느린 속도로 흡수되는 술을 찾게 되었는데, 와인을 한 모금 마시고 나면 그때껏 인지하지 못했던 몸속 차가웠던 장기가 천천히 덥혀지는 느낌이 들었고 나는 그 느낌이 무척 마음에 들었다.

　사흘에 한 번 정도 와인을 산다. 미각이 섬세하지
못한 나는 와인 전문 상점이 아닌 편의점에서 할인 중
이거나 1+1으로 판매하는 와인을 주로 구매한다. 그
래도 나름의 기준은 있다. 같은 값이면 당도는 낮고
탄닌과 바디감은 높은 와인을 선택하는 편이다. 와인
은 가급적 우아한 와인 잔에 따라 마시려 하지만, 갖
고 있던 대부분의 와인 잔이 내 야무지지 못한 손끝에
서 거의 다 깨져 버려서 와인과 어울리지 않는 컵을
이용할 때도 많다.

　첫 잔은 무조건 잔에 가득 부어 마시고 두 번째 잔
부터는 반만 채워 마신다. 내 주량은 와인 반병이니
이틀이면 한 병을 다 소비하게 되는데, 셋째 날에는
가능한 한 술을 마시지 않는 게 내 나름의 원칙이다.
알코올중독자는 되고 싶지 않으니까. 장수하는 인생
을 추구한 적 없고 암이나 치매가 발병한다든지 심장
과 혈관 계통에서 치명적인 질병이 발견된다면 산속
으로 들어가 은둔하거나 스위스로 날아갈 계획을 갖

조해진

고 있지만, 손이 떨리고 환각 증세에 시달려서 쓰고 싶은 소설이 있어도 쓰지 못하게 되는 삶은 내 것이 아니길 소망한다. 누군가는 이틀에 한 병씩 와인을 소비하고 있다면 이미 중독된 셈이라고 지적할지 모르지만 와인을 마시지 않으면 생각도 불가능한 상태가 된 순간 나는 바로 와인과 결별할 자신이 있다.

분명, 그렇게 할 수 있을 것이다.

내 좋은 친구는 내가 술을 마시는 걸 좋아하지 않는다. 친구는 만날 때마다 요즘도 술을 마시느냐고 묻고 내가 그렇다고 하면 한숨부터 내쉰다. 예지몽을 가끔 꾼다는 친구는 어느 날엔가는 내가 술 때문에 크게 고통받는 꿈을 꾸었다며 걱정을 내비친 적도 있다. 그 말을 듣고 나는 웃고 말았다. 친구의 걱정은 고마웠고 뭉클했지만 나는 싸우듯이 와인을 마시거나 와인에 지배당할 생각이 없었다. 물론 다짐은 다짐일 뿐이긴 하다. 와인은 느리고 따뜻하고 죄책감을 표백시키는 무해한 느낌의 술이지만, 그렇다고 술이 아닌 것은 아니니까. 달콤하고 따뜻하다고 한 잔 두 잔 연거푸 마시다가 무심히 주량을 넘기게 되면 어느 순간 반드시 취하게 마련이니까.

　그런 날이 가끔 있다.

　와인을 한 모금씩 마시며 작업을 하다가, 혹은 책을 읽거나 영화를 보다가 나는 갑자기 토할 것 같은 울렁거림과 내 주변이 회전판처럼 빙그르르 도는 환각을 느끼게 된다. 계획하지 않았고 의도하지도 않았는데 나는 이미 취해 버린 것이다. 누구나 그렇듯 나역시 술 취한 모습이 평소와 같을 수는 없다.

　취하면, 혼잣말을 한다.

　그 혼잣말은 후회로 점철되어 있기에, 안쪽에 가시가 가득 박힌 언어 같고 북국의 얼음처럼 차갑다. 기억의 구조가 과거의 장면들이 분류되고 저장된 서랍 같은 형태라면 내게 그 서랍의 손잡이는 후회이다. 후회를 하며 과거를 들여다보고 다시 그 과거의 서랍을 닫을 때는 후회가 끝까지 작동한다. 아니, 서랍을 닫은 후에도 오랫동안…… 생각보다 앞서 튀어나온 말들, 주변에서 들려주는 달콤한 말이 괜히 어색해서 무

　　　　　　　　　　　　　　　　　　　조해진

의식적으로 내보인 광대 같은 행동, 사람들을 웃기기보다 난처하게 했던 어떤 농담들, 섣부른 착각이나 과장된 의심으로 상처를 받기도 하고 주기도 했던 순간들, 명백하게 불합리한 대우를 받았으면서도 맞서 싸우지 못했던 경험 같은 것, 그러니까 내 작심이나 악의는 전혀 없지만 작가로서나 인간으로 함량 미달이라는 자책으로는 충분히 이어질 만한 그 모든 장면들이 내게는 뒤늦은 후회의 대상이 된다.

후회는 대개 자책을 불러오고 자책은 슬픔을 배양한다.

북토크나 강연에서 나의 소설을 좋아하고 잘 읽고 있다는 사람들을 만나면 세상을 다 얻은 듯 힘이 나고 몇 번의 시상식에 운 좋게 초대되어 이름이 불리고 상찬의 말들을 듣기도 했지만, 그 자리에서 벗어나면, 특히 혼자 취한 날, 나는 다시 너무도 쉽게 자비 없는 혹독한 혼잣말의 세계에 입장하려 한다. 후회의 혼잣말은 긴 슬픔이라는 터널을 통과하며 죄책감으로 응축된다. 내 마음속 텅 빈 신전에는 시시때때로 나를 단죄하는 재판이 열리고 나는 탄원도 항소도 포기한 채 매번 주눅 든 얼굴로 피고석에 앉아 있곤 하는데, 사실 그 재판은 구름으로 만든 듯 아무런 실체가 없다는 것을, 물론 나는 잘 알고 있다.

그만 미워해⋯⋯.

나의 또 다른 좋은 친구는 그렇게 나를 걱정하곤 한다. 아무도 기억 못 해, 사람들은 생각보다 다른 사람에게 관심을 갖지 않아, 모두가 너를 좋아해야 한다는 강박인지도 몰라, 라고 이어지는 친구의 조언은 하나도 틀린 것이 없다.

다행히 나는 나아지고 있다.

소설을 읽고 쓰는 시간이 길어질수록 스스로와 불화하는 것은 어쩌면 조금은 복잡한 차원의 자기보호라고 생각할 수 있게 되었기 때문이다. 오로지 상상으로만 빚어낸 누군가의 차가운 시선과 아픈 말들을 내가 먼저 스스로에게 부여함으로써 철갑처럼 단단한 보호막을 만든 것일 테니까. 내 마음의 법정은 결국 내가 타인에게 애틋한 마음을 상실할 때 세워지곤 한다는 점에서 나를 부끄럽게 각성시키기도 한다. 내가 문학을 하는 이유 중 하나는 사실 타인을 향한 애틋함을 잃지 않기 위함인데, 문장으로만 그것을 가장하고 현실에서는 망각한다면 누구보다 나 자신에게 큰 불행이 된다는 것, 나는 이제 그 사실을 너무도 잘 알고 있는 것이다. 그건 곧, 나이가 준 여유이기도 하다.

11:30 AM

새벽 시간을 좋아하다 못해 사랑하는 나는 새벽 내내 깨어 작업을 하고, 작업을 쉬는 날이면 밀린 독서를 하거나 OTT를 통해 영화(가끔은 드라마)를 본다. 물론 중간에 졸거나 잠들기도 하지만 대개 새벽 5시까지는 깨어 있기 때문에 다음 날엔 가까스로 정오 전에 눈을 뜨게 된다.

일어나면 씻고 양치를 하며 고양이들의 식사와 식

수부터 살핀다. 고양이 집사들 사이에서는 각각 감자와 맛동산이라 불리는 소변과 대변을 처리할 때면 큰 고양이는 조금 거리를 둔 채 내게 눈인사를 보내고 작은 고양이는 어느새 다가와 몸을 부비는데, 그건 두 고양이 각자가 선택한 고맙다는 인사 방식이다.

내게는 고양이 두 마리가 있다.

첫째 고양이의 이름은 나무, 눈동자가 갈색 나무색이어서 나무라는 이름을 붙이게 됐다. 나무는 하얀색 긴 털을 가진 아주 우아한 고양이로 조금은 예민하고 내게 참 자주 말을 건다. 나무를 입양한 시기가 장편소설 『로기완을 만났다』(2011)를 출간한 직후여서 나는 나무를 때때로 '기완 씨'라고 부르기도 한다. 둘째 고양이의 이름 단심은 또 다른 장편소설 『단순한 진심』(2019)을 떠올리며 지은 이름인데, 이름과 썩 어울릴 만큼 (좋은 의미에서) 단순하다. 단심이는 또한 내가 아는 고양이 중에서 가장 상냥하다. 아기 고양이 때부터 세 살에 가까워지는 지금까지 단 한 번도 하악질을 한 적 없고 나를 물거나 할퀸 적도 없다. 심지어

조해진

발톱을 깎아 주고 귓속을 청소해 주는 귀찮은 행동을 할 때도 두 눈만 끔벅일 뿐, 성난 표정 한 번 지어 보인 적이 없다. 새벽에 노트북 앞에 앉아 일할 때면 단심이는 집 안의 푹신하고 따뜻한 자리를 모두 마다한 채 책상 한구석에 자리를 잡고는 동그랗게 몸을 말고 잠을 청한다. 노트북 너머로 보이는 단심이의 그 동그란 형태는 노동하는 나를 지켜봐 주는 파수꾼, 혹은 딴 짓 말고 글에 집중하라고 종용하는 감시자를 형상화한 것만 같다. 단심이는 연한 카페라테 색인데 꼬리 쪽으로 갈수록 그 색이 짙어진다.

밀란 쿤데라의 장편소설 『참을 수 없는 존재의 가벼움』에는 개의 시간은 원형으로 흐른다는 표현이 나온다. 개는 인간과 달리 직선이 아닌 원형의 시간을 살기 때문에 후회라는 필터로 과거를 회상할 필요가 없고 미래를 불안해하거나 두려워할 필요도 없다는 의미인데, 여기서 개라는 종(種)은 인간을 제외한 모든 동물을 대표한다고 해도 무방할 것이다.

하루가 적재된 시간도 아니고 불투명한 미래의 저

당도 아닌, 그저 매일이 새로운 하루인 두 동물 덕분에 나는 내 일상의 테두리가 끊어지거나 틀어지지 않은 채 헐겁게라도 곧은 형태로 이어져 있다는 것을 고마운 마음으로 감각하곤 한다. 나무와 단심이는 아침마다 내가 챙겨 주는 식사와 간식을 맛있게 먹고 청결하게 치운 화장실을 차례로 오가며 체취와 흔적을 남긴다. 나는 나의 두 고양이가 감정을 낭비하는 일 없이 주어진 환경 안에서 자족하고 행복해하는 모습을 보며 내가 가진 겹겹의 후회와 불안, 그리고 외로움을 잊곤 한다. 그들은 또한 세상의 평판을 향해 있는 쓸데없이 예민한 내 촉수를 쉬게 하고 무방비로 웃을 수 있는 시간을 선사해 주기도 한다. 일의 동기도 된다. 두 마리의 고양이가 배곯지 않도록, 그들이 아프거나 다쳤을 때 신속히 병원에 데려갈 수 있을 만큼의 경제적인 여유를 유지하기 위해, 나는 쓰는 기계의 소임을 게을리해서는 안 되는 것이다.

동물이 아닌 사람을 키우고 보살피고 싶은 욕망이 내게도 있었다.

조해진

마음처럼 잘 되지는 않았다. 나이가 들면 모든 관계가 단단해지고 성숙해지는 줄 알았는데 전혀 그렇지 않다는 게, 그 한계를 마주할 때마다, 나는 매번 슬프도록 놀랍기만 했다.

아이를 낳아 키우는 경험이 누락된 내 삶과 글쓰기가 어디로 향할지 나는 아직 아무것도 알지 못하지만, 그렇다고 그것에 내가 엄청난 결핍감을 느끼는 것은 아니다. 삶에는 파고와 리듬이 있고 질량보존의 법칙이 작용한다고 나는 믿는다. 행복한 순간에도 고통스러운 시간은 미래로부터 다가오게 마련이고 끝나지 않을 것 같은 고통은 예상하지 못한 행운이나 인연으로 희석된다. 얻는 것이 있으면 잃는 것이 있고 마이너스된 분량만큼 플러스된 무언가가 인생을 살찌우기도 한다. 완벽한 상실과 영원한 충만은 없다. 적어도 내가 내 인생으로부터 혹독하게 체득한 바로는 그렇다.

레이먼드 카버의 「별것 아닌 것 같지만, 도움이 되

는」(『대성당』)에는 아이 없는 중년의 회의와 무력감을 고백하는 빵집 주인이 나온다. 그 빵집 주인의 회의와 무력감에 누구보다 공감하고 있지만, 나는 대신 고양이들을 키우며 생명의 사랑스러운 에너지를 알게 됐고 그 에너지로부터 공존의 기술을 배울 수 있었다고 생각한다. 육식을 자제하게 됐고 환경을 고민하게 됐으며 후대를 이끌어 갈 아이들과 그 아이들을 어엿한 성인으로 키워 내는 부모들을 응원하고 존경하게 됐다. 내가 지금 살고 있는 다세대주택 주차장을 드나드는 길고양이들을 위해 하루에 한 번 사료와 물을 채워 주는 일을 즐겁게 도맡아 하는 것도 그 생명이 하나같이 귀해서이다. 생명으로 태어난 이상 사람이든 동물이든 가혹하게 굶거나 목말라서는 안 되며 함부로 다루어져서는 안 된다는 신념이 지금 내가 가진 가장 뚜렷한 신념이다.

고양이들이 나를 어른으로 만들어 주었다는 걸, 꾸준히 쓰는 작가로 성장하게 했다는 걸, 나는 의심하지 않는다.

조해진

2:00 PM

내 하루의 첫 끼는 세상 사람들이 점심 식사를 하고 휴식을 취한 뒤 일터로 돌아갈 즈음 비로소 준비된다. 일정이 있어 서둘러 외출하여 점심 식사든 저녁 식사든 해결하고 돌아오는 날이 아니라면 대체로 집에서 요리를 해서 먹는데, 그건 내가 소금과 양념이 세지 않은 간결한 맛에 갓 만든 따뜻한 음식을 좋아해서이다. 나는 술만큼이나 요리에도 재능이 없지만, 내 입에 들어가는 음식 정도는 뚝딱뚝딱 만들 수 있고 아주 가끔은 맛이 괜찮다고 스스로 평가를 내리기도 한다. 국과 찌개는 재료만 있으면 이름에 맞게 대충이라도 끓여 낼 만큼은 되고 조림이나 무침 같은 반찬도 가끔 만든다. 그렇다고 요리에 별다른 흥미가 있는 건 아니어서 익숙한 레시피와 식재료가 아니라면 그다지 도전하지 않는 편이고 단골 반찬가게에서 이런저런 밑반찬을 몇 팩씩 사서 냉장고에 쟁여 놓기도 한다. 음식을 배달해서 먹는 일은 거의 없다. 배달 음식은 내가 끓이고 무치고 부친 음식과 비교할 수 없을 만큼 전문가의 맛이 나지만 미각적으로 탁월한 그 맛을 내 혀는 제대로 음미하지 못할뿐더러, 무엇보다 1인용 식탁에 어울리지 않는 과도한 쓰레기를 처리할 때마다 죄책감이 들어서이다.

계절이 바뀌는 환절기에는 한 번씩 간단한 김치류를 담그기도 한다. 봄이 올 무렵엔 봄동을, 여름과 가을이 다가올 무렵이면 각각 노각과 알배추를 사서 고춧가루와 마늘 등을 넣어 무쳐 놓는 것이다. 모두 염장을 거치지 않는 겉절이류의 김치여서 일주일만 지나도 맛이 변하게 마련인데, 다행히 밥에 곁들이기엔 그럭저럭 먹을 만하기에 맛에 변질이 오기 전까지 모두 해치우는 편이다. 빵을 굽는 날도 있다. 내가 굽는 빵은 그야말로 기본적인 재료─박력분 밀가루와 이스트, 무염 버터와 우유와 계란, 그리고 손가락 끝으로 살짝만 집은 소금과 설탕─만 넣어 구운 것으로 어떤 빵집에서도 팔기 민망할 만큼 그 맛이 밋밋하다. 이 빵에 굳이 이름을 붙인다면 '못난이 빵' 정도가 될 텐데, 맛도 형태도 모두 특색 없는 이 못난이 빵에 나

조해진

는 익숙하고 큰 애정도 갖고 있다. 내내 주머니 안에 있다가 아무런 호들갑 없이 슬쩍 내 언 손을 잡아 주던 한 사람의 손처럼 온기가 있는. 비폭력적이고 담백한 빵이라는 생각 때문에 더…….

대체로 계획 없이 사는 사람이지만, 그래도 할 수 있다면 하고 싶고 하기 위해 애쓸 준비가 되어 있는 막연한 계획이 아주 없진 않은데 그중 하나는 작은 서점과 텃밭을 운영하며 사는 것이다. 그 시기와 정착할 지역은 아직 공백이긴 하지만, 나무가 많고 산이 있는 미지의 소읍으로 떠나리라는 계획—기대감으로 가득 찬 그 계획은 상기할 때마다 내 일상을 기분 좋게 생동하게 해 준다. 서점을 마련하고 싶은 마음이 아주 오랫동안 내 안에서 조형된 것이라면 텃밭에 대한 욕심은 비교적 최근에 품게 되었는데, 그 욕심은 내 손으로 흙을 숲고 비와 바람과 햇빛의 양을 조절해서 키운 작물로 한 끼 식사를 준비하고 싶다는 마음에서 비롯됐다. 동네 주민들의 공동체이자 사교육의 혜택을 받지 못하는 지역 아이들의 공부방 역할을 할 서점을 운영하면서 아프고 배고픈 유기견과 유기묘까지 거둬 먹이며 사는 것, 계획이 구체화될수록 실현 가능성은 낮아지는 듯 여겨지지만 사실 지금은 그런 공간을 상상하는 것만으로도 즐겁다. 그 상상은 나를 다시 책상 앞으로 이끌기도 한다, 단심이가 지켜보는 바로 그 책상으로…….

~10:00 PM

소설가를 포함한 작가는 직업이 아니라 현존의 어떤 상태라는 생각을 자주 한다. 직업의 형태라든지 규율 같은 게 없으니 글을 쓰는 동안에만 작가의 정체성을 획득하는 게 아닐까, 라고. 이런 생각은 사실 보편화되어 있다. 나를 포함한 대부분의 작가들이 스스로를 소개할 때 시인이나 소설가 같은 명칭보다는 시를 쓰는 사람, 혹은 소설이나 비평을 쓰는 사람처럼 '쓰다'라는 동사를 이용하는 건 그래서일 것이다.

조해진

2004년에 등단했으니 이십 년 가까이 소설을 쓰며 살아왔다. 아니, 등단 전 습작 기간까지 포함한다면 이십 년 넘는 세월 동안 소설에 투신해 온 셈이다. 북토크나 강연에 가면 자주 듣는 질문 중에 하나가 쓰는 동력에 대한 것인데, 그때마다 내가 빼놓지 않고 언급하는 것이 독서이다. 나는 내 정체성이 쓰는 사람이자 읽는 사람이라고 생각한다.

　첫 끼를 해결하기 전과 그 이후, 내가 주로 하는 일이 바로 독서이다. 단순한 독서가 아니다. 나는 모든 습작생들에게 적극적인 독서를 해 보라고 권유하곤 하는데, 그건 특정 문장에 밑줄을 긋거나 포스트잇을 붙인다든지 개인 SNS에 올리는 것만을 의미하지 않는다. 내가 이야기하는 적극적인 독서란 좋은 문장, 인상적인 장면, 뜻밖의 사건, 놀라운 주제의식과 결말, 이 모든 것을 '만약 내가 쓴다면'으로 가정해서 읽는 것이다. 이 문장과 장면, 사건과 주제와 결말을 나라면 어떻게 쓸 것인가 상상하며 읽는 것, 그러니까 팀 오브라이언이라는 미국 소설가가 썼듯 '질투심을 갖고, 야심을 갖고, 이의를 갖고, 경쟁심을 갖고, 동료 의식을 갖고, (……) 절망을 갖고, 분노를 갖고, 방어 본능을 갖고, 연민을 갖고, 다음 먹이를 노리는 늑대의 진득한 눈길을 갖고 읽는 것[*]…….

적극적인 독서는 보통의 독서보다 시간이 오래 걸린다. 가능한 한 하루 다섯 시간 정도는 오롯이 독서에만 할애하려 하지만 그래 봤자 넘어가는 페이지는 100페이지 정도에 불과하다. 독서를 마치면 커피숍에 가서 작업을 할 때도 있고 요가 수업을 들으러 요가원에 가기도 한다.

요가를 한 지는 1년이 조금 넘었다. 운동 신경이 결여되어 있고 코어 힘이 부족해서인지 1년이 지난 지금도 시르사아사나(물구나무 서기)와 우르드바 다누라아사나(등허리를 완전히 뒤로 꺾는 깊은 후굴 자세)처럼 난이도도 높은 자세는 따라 하지도 못하지만, 요가를 하

---

[*] 팀 오브라이언, 『아빠의 어쩌면책』, 섬과달, 2022.

는 동안엔 내 생애를 관통하는 후회와 죄의식을 잠시 나마 잊을 수 있어서 마음이 편하다. 무엇보다 요가 후의 명상 시간이 내게는 의미가 있다. 요가가 끝난 뒤 사바사나(팔과 다리를 편하게 늘어뜨린 후 가만히 누워 있는, 일명 시체 자세)에 돌입하면 죽음 이후, 그러니까 인간의 몸을 벗어나 영혼이 된 듯한 기분이 몰려오는 데 그 기분은 황홀하게 고독하다.

사바사나 시간이면 고요히, 아무도 모를 만큼 고요 히, 눈물이 흘러내리곤 했다.

최근엔 요가 수업이 없는 날이면 근린공원에 가서 러닝을 하기도 한다. 러닝 앱의 초보자 단계인 30분 프로그램을 따라 하는 게 전부이고 준비운동과 걷는 시간을 제외하면 고작 20분 남짓 달릴 뿐이지만, 앞 으로도 나는 러닝하는 저녁이나 밤의 공기를, 바람의 감촉과 바람에 스미는 내 숨소리를 오래오래 향유할 생각이다.

사실 나는 달리는 걸 극도로 싫어했다. 고등학교

시절의 체력장 이후 제대로 달려 보는 건 러닝을 시작하면서부터라고 해도 아주 틀리지 않으니, 거의 30년 만인 셈이다. 계속해서 달리다 보면 마약을 흡입할 때와 유사한 효과가 있는 물질이 뇌에서 생성된다고 들었는데, 아직 나는 그 경지를 경험한 적은 없다. 다만 팔딱거리는 심장과 평소보다 더 크게 오르내리는 폐를 느끼며 맹목적으로 앞을 향해서만 팔과 다리를 움직이는 게 좋고, 풍경이 조금씩 뒤로 밀려나면서 나와 내게로 불어오는 바람만이 세상에 남겨지는 듯한 순간이 좋다. 물론 그런 소망도 있다. 지금보다 훨씬 더 나이가 들어도 허벅지와 엉덩이에 적절하게 근육이 붙어 있고 척추기립근이 똑바로 중심을 잡고 있어서 어디든 씩씩하게 걸어갈 수 있는 사람처럼 보이고 싶다는 소망…… 보호나 도움을 받아야 할 것 같은 노인이 아니라 저 사람은 참 곧다, 휘청대지 않을 것 같다, 그런 인상을 주는 사람으로 나이 들고 싶다.

강인하면서도 부드러운 사람, 아무 말이나 털어놓아도 안전할 것 같고 결정적인 순간엔 찾아가 기대고

조해진

싶은 사람, 내게는 좋은 작품을 쓰는 소설가 외에도 그토록 원대한 이상형이 있다. 실은,

누구에게도 한 적 없는 고백이다.

outro

루틴을 고민하고 루틴에 대해 쓰게 됐지만, 사실 루틴과 무관한 날들도 있다. 아니, 제법 많다. 우울감이 짙어지면 충분히 수면을 취했으면서도 의식을 빠져나가려는 잠의 기운을 부둥켜안은 채 무익한 잠 속에 숨어 있으려 하고, 또 어떤 날은 씻고 옷을 챙겨 입고 머리칼을 말리는 것조차 엄청난 노동이라도 되는 양 힘에 부쳐하기도 한다. 읽고 쓰는 수레바퀴는 주기적으로 멈추고, 그런 날이면 약속도 없이 시내로 나가 영화를 보거나 다리가 아파 올 때까지 걷곤 한다. 어딘가로 가고 싶지만 그곳이 어디인지 몰라 길 위에 멍하게 서 있는 사람, 내가 스스로에 내리는 또 다른 정

의……. 지나가는 차들이 일으키는 바람에 머리칼이 날릴 때면 내가 무얼 쓰고 싶어 작가가 되려 했고 되고야 말았는지 골똘히 생각하기도 한다. 이유 없이 기분이 좋은 날들도 물론 있다. 그런 날들엔 친구들을 연달아 만나 맛있는 것을 먹고 쉼 없이 떠들고 과음을 하는데, 그 끝이 충만한 향유로 수렴되지 않더라도 그마저 부재한 삶은 상상하고 싶지 않다.

깨진 루틴은 깨진 채로 가만두는 것이 내가 살아온 방식이긴 하다. 속도를 내기 위해 무리하기보다 흘러가는 물결에 몸을 맡긴 채 유영하는 방식……. 망가지고 무너졌던 루틴들이 하나둘 복원될 때쯤이면 쓰고 싶다는 마음이 실타래처럼 풀려 있곤 했다는 것을 이제는 알 것 같다. 돌이켜 보니 정말이지 늘 그랬다. 작정하고 루틴을 만들지 않은 건 맞지만 나 자신도 의식하지 못한 사이 형성된 그 루틴들은 다시 읽고 쓰는 일을 가능하게 했다는 것을, 이 글을 쓰는 동안 나는 깨달았다.

조해진

그 작은 것들이 결국 나를 살아가게 해 주었다는 것을…….

호랑이가 숨어 사는 도시와
떠도는 몽상가

천선란

천선란

2019년 『무너진 다리』를 발표하며 작품 활동을 시작했으며, 소설집 『어떤 물질의 사랑』, 장편소설 『무너진 다리』 『천 개의 파랑』 『밤에 찾아오는 구원자』 『나인』 『노랜드』 『랑과 나의 사막』이 있다. 한국과학문학상을 수상했다.

부모님 차를 타고 근교로 나갈 때면 나는 뒷좌석에 앉아 창문을 반 틈 열어 놓고 산을 노려보았다. 고속 도로를 둘러싼 이름 모를 산을 보며 내가 한 것은 호랑이 찾기였다. 야생 호랑이는 거의 없다 들었는데, 그 당시 들었던 말로 다시 바꿔 말하자면 호랑이는 동물원에 가야만 볼 수 있다고 들었는데 나는 어쩐지 몸을 숨긴 채 산 어딘가에 숨어 사는 호랑이 가족이 있을 것만 같았고, 그들을 찾고 싶었다. 호랑이와 눈을 맞추는 순간을 고대하며, 떨어진 단풍잎을 밟는 거대한 앞발과 나무를 툭 치고 가는 꼬리를 아주 구체적으로 그렸고, 그것을 더 발전시켜 밥을 먹기 위해 도시로 내려와 마트에 몰래 들어가는 호랑이를 떠올렸다. 그것이 내가 기억하는 나의 첫 번째 상상이다. 그 상상을 이야기로 표현해도 좋을지 모르겠지만, 도시에 숨어 사는 호랑이는 내가 처음으로 만들었던 '나의 캐릭터'였다.

소설 쓰는 일에 대한 질문을 받기 시작한 때부터 나는 잊고 있던 그 호랑이를 자주 떠올렸다. 질문을 조금 더 구체적으로 나열하자면 대개 소설가의 삶이나 SF작가로서의 삶, 소설을 쓴다는 것, 쓰는 이유, 쓰는 삶 따위들이었고 '써야만 해서 쓴다'라는 이유 말고 다른 이유를 생각해 본 적 없는 나로서는 어려운 질문이 아닐 수 없었다. 쓰는 삶이 남다를 게 있었던가? 다른 낭만이 있었던가? 조금 더 미련하고 혹은 섬세한 눈짓과 귀 기울임이 있었던가? 타인의 기준으로, 그러니까 쓰는 삶과 전혀 다른 삶을 사는 사람의 관점에서 본다면 글을 쓰는 삶은 좋게 말해 낭만적이고 조금 나쁘게 말해 한량처럼 보일 수도 있겠다 싶었다. 정말 다른 삶을 사는 사람의 시선에는 말이다. 하지만 나는…… 너무 오랫동안 도시에 숨어 사는 호랑이와 함께 살았다. 언젠가는 반드시 이 호랑이를 누군가에게 말해 주고 싶었고, 더는 견딜 수 없을 때 쓰기 시작했다. 그러니까 다시 말하자면, 소설가로서의 삶과 태도, 의미론적인 접근보다도 나는 그저 끊임없이 무언가를 상상하는 몽상가에 가까웠다.

노래를 들을 때 가사를 곱씹으며 머릿속에서 한 편의 뮤직비디오를 만드는 행위를 모든 사람이 하는 건 아니라는 것을 16살 때 알았다. A라는 친구와 하교 중이었고, 헤어지기 직전에 최근 듣고 있는 음악을 추천하며 이 노래에 이런 내용을 상상했다고 말하니 A가 다소 놀란 표정을 지었다. "음악을 들으면서 상상을 해?"라고 물었고, 나는 도리어 "아무 생각도 안 해?"라고 되물었다. A와 나 사이에는 건널 수 없는 협곡이 있었다. A는 노래를 들을 때 '듣는 것 외에 다른 생각을 안 한다'라고 했고(사실 아직도 노래를 들으며 어떻게 아무 생각도 하지 않는지 이해하지 못한다.) 나는 가요, 클래식, 영화·드라마 OST 등 장르를 가리지 않고 일단 무언가 들리면, 음악을 배경 삼아 이야기를 만든다. 뮤직비디오나 뮤지컬의 형태로 인물과 서사를 만들었다가 실제로 이야기로 뻗어 나간 경우도 꽤 있다. 대표적으로는 보아의 〈아틀란티스 소녀〉와 유아의 〈숲의 아이〉를 들으며 만들어진 장편소설 『나인』이 있다.

상상하지 않는 상태. 버스를 타며 창밖으로 내 눈에만 보이는 주인공이 고군분투하며 뛰어가는 장면, 건물 옥상에 불시착한 외계인이 집으로 돌아갈 걱정하며 앉아 있을 거란 생각, 맨홀 밑 축축하고 어두운 터널로 은밀히 숨어든 빌런이나 내 옆에 앉은 중절모를 쓴 할머니가 사실 마고일지도 모른다는 의심, 우주 어딘가 우리와 똑같은 문화를 누리는 종족과의 만남에 대한 기대를 하지 않고 살아가는 상태를 나는 여전히 짐작할 수 없다. 심심하게 느껴진다기보다 정말로 그런 생각을 하지 않고 어떤 생각들로 하루를 채우는지 짐작조차 되지 않는다.

모두가 나처럼 사는 줄 알았는데, 차츰 그렇지 않다는 걸 깨달은 뒤에야 내 삶의 모습을 정의 내릴 수 있었다. 내 삶은 대개 언제 일어날지 모르는, 이미 일어났으나 우리가 아직 알지 못하는 사건과 곧 만나게

천선란

될 미지의 캐릭터들로 채워져 있다. 이건 내가 가지고 태어난 성질이고, 나는 내 안에 들끓는 사건과 캐릭터를 풀어내고 싶어 안달이 나 있다. 혼자 계속 품고 있기에는 답답했고, 누군가에게 이 엄청난 이야기들을 보여 주고 싶었다. 빨리 펜을 들어야겠다고 마음먹은 그 날, '소설'이라고 부를 수 있는 무언가를 썼을 것이다.

그리고 나는 이야기를 쓰는 창작자 대부분이 이렇게 세계를 만들어 가리라 믿어 의심치 않는다. 이야기가 뭉쳐져 만든 소설, 영화, 만화가 가지는 시의적인 의미나 담론은 세상에 나갔을 때 향유자에 의해 형성된다고 믿는다. 창작의 과정에서 어떤 메시지를 넣고자 하는 마음은 먹지만 그것이 오롯이 가지 않을 때도 있으므로 마음은 먹으나 사실 재미있는 이야기를 만들고 싶다는 강한 욕망이 제일 앞선다.

이런 식으로 욕망이 들끓을 때는 당장 노트북을 켜고 싶어진다. 엄청난 이야기가 써질 거라는 흥분감에 휩싸여 당장 소설을 시작하고 싶지만, 나 같은 경우 대개 이렇게 소설을 시작하면 200자 원고지 10매를 채 채우지 못하고 그 흥분감이 끝난다. 쓰고 싶은 문장이나 장면을 다 쓰고 모든 게 연소되어 버리고 마는 것이다. 그래서 나는 쓰고 싶은 것이 강렬하게 떠오르면, 침착하게 내용에 맞는 플레이 리스트를 짜고 걷기 시작한다. 호랑이가 숨어 있을지도 모르는 도시를, 끊임없이.

*

내게 음악과 걷기는 창작의 동력원이나 다름없다. 문예창작과 선배들로부터 소설은 엉덩이 힘으로 쓰는 것이라는 이야기를 들었지만 내 힘은 다리다. 나는 그날 걷는 횟수만큼 문장을 떠올린다. 걸으며 머릿속으로 캐릭터와 플롯을 구성하고 첫 문장을 떠올리고 포인트가 되는 대사를 떠올린다. 예전에는 기억하는 것만으로도 잊지 않았는데, 요즘에는 기억력이 떨어진 것인지 잊는 것이 많아서 확정된 내용이나 대사들을 핸드폰 메모장에 걷다가 멈춰 전부 적어 둔다. 얼마나 걷느냐고? 고민하는 지점이 풀릴 때까지 걷는다

(이쯤에서 말하자면 내 핸드폰 건강 앱의 평균 걸음 횟수는 만 5천 보 정도다).

걷기는 보통 아침과 저녁에 이루어진다. 일이 많을 때는 오전 6시에 알람을 맞추고, 일이 별로 때는 오전 7시에 알람을 맞춘다. 일이 없을 때도 오전 8시를 넘겨 일어나지 않는다. 일찍 일어나는 것이 몸에 습관처럼 배어서, 쉬는 날에도 대체로 비슷한 시간이 일어나 똑같은 오전을 보내야 마음이 편하다.

내가 아침 시간을 보내는 방법은 꽤 철두철미하다. 꼭 해야 하는 것들이 몇 가지 있다. 오전 6시에 일어나면 씻는 것을 먼저 하고, 오전 7시에 일어나면 직접 만든 요거트에 시리얼부터 먹는다. 오전 7시에 아침을 먹는 것이 익숙해진 탓에 그 시간이 되면 어김없이 배가 고프다. 그때 든든히 먹어 두어야 점심 전까지 군것질을 하지 않고 집중력을 높일 수 있다. 순서가 어찌 되었든 식사와 씻기를 마치면 집 환기를 하고 이불 정리를 하고 청소기를 돌린다. 가끔 전날 널어 둔 빨래를 갠다. 이 모든 게 끝나면 딱 8시 30분 정도가 된다. 카페에 앉으면 9시. 첫 커피를 마시는 시간. 이 아침 루틴을 깨트리지 않는 한, 나는 어떤 당혹스러운 상황에서도 평정심을 잃지 않는다. 예기치 못한 사건으로 세워 두었던 계획을 다 이행하지 못한다고 하더라도 아침의 일상이 어제와 다르지 않았으므로, 그 오후도 어제와 다르지 않다고, 그렇게 위로하는 편이다. 참고로 나는 2022년 5월에 코로나바이러스 양성으로 1주일 정도 방에서만 지냈는데, 그때도 이와 같은 루틴을 유지했다.

집에서 나와 근처 카페를 가거나 작업실로 가기까지 대략 5천 보에서 7천 보. 그 시간에는 오늘 해야 하는 작업을 복기하고, 그 이야기에 대한 몰입도를 높여 놓는다. 나는 일 여러 가지를 한 번에 하는 편이다. 일을 허투루 한다고 보일지도 모르겠지만, 아직 함께 일했던 곳들에서 그런 평은 들어 보지 못했고(약간 자랑을 섞어 말하자면 일을 잘 마치는 편인 것 같다.) 몰입의 스위치를 잘 켜고 끄는 편이다. 어제 읽다 만 책을 다시 펼치는 것처럼, 내가 만들다 끝내 놓은 페이지를 다시 펼치면 순간적으로 그 이야기에 몰입한다. 멈춰 있던 캐릭터를 다시 깨우고, 같이 고민하고, 앞으로 어떻게 나아갈지 캐릭터와 상의한다. 오늘은 어느 지점까지 갈 것이고, 그러니 너도 움직일 준비 하라는 말을 아침 걷기 때 정리하는 편이다. 그리고 자리에 앉으면 걸으며 내내 생각했던 그날의 첫 문장을 쓴다. 내 하루의 일은 그렇게 시작한다.

반대로 말해, 하루를 이렇게 시작하지 않으면 그날은 아무 것도 쓸 수가 없다. 이는 생각보다 엄청난 재앙이기도 하다. 자신의 시간을 스스로 통제하고 일을 분배해야 하는 프리랜서에게 루틴은 정말 중요하다. 루틴 없이, 그날의 기분과 상황에 따라 일한다? 일어나는 시간과 자는 시간을 정해 두지 않는다? 아주 잠깐은 가능하겠지만 건강을 위해 이런 방법은 오래 추천하지 않는다.

일하는 시간을 정해 두지 않으면 일과 생활의 경계가 모호해진다. 그리고 경계가 모호해지면 언제든 일이 모든 시간을 침범하는 때가 오게 된다. 마감이 급한데 시간이 없으면 첫 번째로 마감하며 식사를 대충 때우고, 두 번째로 잠을 줄이게 된다. 조금만 늦게 자면 마감을 얼추 맞출 수 있을 것 같으니까.

내가 전업 작가의 길로 들어서고, 다니던 회사를 그만두었을 때 세웠던 철칙 두 개가 있다. 하나, 바쁘다고 식사 거르지 말 것. 둘, 바쁘다고 잠 줄이지 말 것. 웃긴 점은 이 철칙을 세우기 전까지 나는 끼니를 제때 챙겨 본 적이 없고 지독한 불면증에 시달리고 있었다는 것이다. 과연 될까? 싶었다. 첫 몇 달 간은 꽤 고생했다. 배가 고프지 않은데 밥을 먹어야 하는 사실도 곤혹스러웠고, 일을 다 끝내지 않았고 잠도 오지 않는데 침대에 누워야 하는 게 합리적이지 않다는 생각도 했다. ……하지만, 그래도. 딱 석 달은 유지해 보자 싶었다. 일단 석 달을 하면 몸이 적응할 거란 기대도 있었다. 일이 덜 끝나도 12시에는 침대에 눕고 새벽 1시 전에는 잠이 들기 위해 핸드폰을 멀리했으며, 아침에 일어나면 밥을 챙겨 먹고 컴퓨터 앞에 앉았다. 내 하루가 무한하지 않다는 인식, 내게 새벽은 오롯이 잠자는 시간이라는 인식이 생기면서 해가 떠 있는 동안 일의 능률이 올라갔다. 그리고 숙면에 드는 건 아니지만 그래도 정해진 시간에 눈을 감고 뜨는 게 되면서 불면증도 조금 나았다. 석 달을 유지하자 다짐했던 것이 어느덧 햇수로 4년이 되었다. 4년 동안 철칙을 어긴 적이 없다. 나는 이제 이 생활이 익숙하고, 내가 일을 하고자 마음먹은 시간 안에 능률을 최대한으로 사용할 수 있게 되었다.

내가 좋아하는 일이 나를 갉아먹게 하고 싶지 않았다. 야금야금 먹히다 보면 언젠가 나 자신이 너덜너덜해질 것 같았고, 그럼 나는 내가 가장 사랑하는 일을 잃을 것 같았다. 그러니 이 철칙은 내가 가장 사랑하는 것을 지키기 위한 보호벽이었을지도 모른다.

*

눈을 뜰 때부터 감는 시간까지, 도중에 밥을 먹고 운동하는 시간을 제외하고 평균 9시간 정도를 '일할 수 있는 상태'로 나를 만들어 둔다. 앉아 있는 내내 쉬지 않고 일할 수 있으면 좋겠지만, 사실상 그것은 불가능에 가깝다. 특히나 창작은 '뽀모도로 공부법'과 비슷하다. 우선, 뽀모도로 공부법은 '25분을 공부하고 5분 쉬는' 것으로 집중하는 시간과 쉬는 시간을 적절히 유지하여 집중력을 높이는 공부법을 말한다. 창작도 이와 비슷하다. 다른 점이 있다면 집중하는 시간이 5분이고 쉬는 시간이 25분이라는 점에 있달까…….

행사에서 하루 루틴을 묻는 질문에 늘 "7시쯤 일어나서 새벽 1시에 잠들고요, 그 사이에는 식사나 운동 시간 빼고 일을 합니다."라고 대답하면 전부 놀란다. 사실 나 같아도 그럴 것 같다. 누군가가 하루에 12시간 정도를 앉아서 일만 한다고 한다면 사람처럼 안 보일 것 같기도 하다. 하루에 12시간 일하는 사람이 존재할 수 있을까? 아주 급한 마감이 있다면 충분히 그럴 수도 있겠지만 그것도 하루 이틀이지. 내가 말하는 12시간의 일은 대개 역방향 뽀모도로 공부법에 가깝다. 25분 동안 책을 읽고, 서치를 하고, 바깥을 바라보다가 5분을 쓴다. 그리고 또다시 반복. 지금 이 글을 쓰는 동안에도 내 옆에는 두 권의 책이 놓여 있고 메일함을 수시로 확인하고 있다.

깜빡이는 커서를 바라보면, 조금 전 쓴 문장을 읽으면 다음 문장이 자연스럽게 떠오르면 좋으련만. 나는 끊임없이 무의미한 행동들 속에서 다음 장면과 문장을 떠올리는 편이다. 이 행위가 직관적으로 어떤 뜻인지 닿지 않을 수도 있겠다. 그러니까 한마디로 책을 읽으면서도, 이메일을 확인하고 창밖을 바라보는 동안에도 머릿속은 이야기에 얽매여 있다. 어떤 문장이 적절한지, 인물의 행동은 괜찮은지, 다음에 이 이야기가 자연스러운지 따위가 머릿속 한편에 자리 잡아 떠나지도, 멈추지도 않고 쳇바퀴처럼 계속 돌아가고 있다. 그렇게 멈추지 않고 돌아가다 보면 어느 순간 해결점이 찾아지고, 다음 문장이 떠오른다. 그럼 하고 있던 모든 걸 멈추고 다시 쓴다. 내가 말하는 '일할 수 있는 상태'란 이 상태를 유지하는 것이다. 친구를 만나거나 영화관에서 영화를 보면 무언가 떠올랐을 때 바로 쓸 수 없으니까. 내게 12시간 일이란, 노트북 근처를 크게 떠나지 않으면서 할 수 있는 것들을 하는 상태가 맞겠다.

그래서인지 나는 책이나 영화, 드라마를 놓치지 않고 보는 편이어서 누구를 만나든 "그거 봤어요!"라고 대답이 가능하다. 업무량이 많은 건 책 나오는 속도만 봐도 알 수 있는데, 유행하는 콘텐츠들을 전부 보고 있으니 사람들이 내게 '헤르미온느의 시계'가 있는 것이 아니냐고 묻는다. 딴짓을 많이 한 결과라고 해야할까? 하지만 소설을 비롯하여 시나리오 및 다양한 콘텐츠 작업을 함께 하고 있는 나로서는 최신 콘텐츠를 놓칠 수가 없다. 그것이 내가 시대를 읽는 법이고, 나아가야 하는 방향을 찾는 방법이다. 그래서 가끔은, 아주 가끔은, 드라마나 영화를 보느라 잠을 포기할 때도 있지만 그래도 소설을 쓸 때보다는 쉬고 있다는 느낌이 들어 억울하지 않다.

이렇게 딴짓하는 시간이 많다 보니 나는 어쩔 수 없게 리뷰도 많이 찾아 읽는 편이다. 첫 장편소설 『무너진 다리』는 리뷰가 많이 없었고, 두 번째 장편소설 『천 개의 파랑』은 리뷰가 많았다. 리뷰가 많다는 것은 부정적인 감상도 많다는 뜻이다. 때문에 한동안 리뷰를 찾아 읽지 못했던 때도 있었다. 지금은 아니라는 뜻이다. 지금은 심심하면 읽고, 가끔은 좋았던 리뷰를 두 번, 세 번 읽는다. 물론 리뷰를 찾아 읽으라고 권장하는 것은 절대 아니다. 타인의 평가로부터 멀어지는

천선란

것은 창작자가 자신을 지키는 방법의 하나이므로, 나처럼 평가에 대한 쓰라림을 날릴 수 없다면 읽지 않는 것이 좋다.

내가 리뷰를 대하는 방식은 놀이기구 안전 요원 같다. 그러니까 내가 직접 만든 놀이기구에 사람들을 입장시키고 퇴장시키는 역할까지 하는 직원인 셈이다. 사람을 태우려면 우선 놀이기구를 안전하게 만들어야 한다. 여기서 말하는 안전성이란 '밋밋하다', '시시하다'와 통용되는 뜻이 아니라 내가 만든 놀이기구를 타다 사망하는 이가 나오지 않는 안전성을 말한다. 윤리적 안전띠. 나는 이야기를 만들 때 나만의 안전띠를 확실히 달아 둔다.

놀이기구는 형태에 따라 360도 회전하기도 하고, 절벽 아래로 뛰어내리기도 하며, 가끔은 3천 미터 상공에서 추락하기도 한다. 하지만 우리가 그것을 짜릿함과 즐거움으로 느낄 수 있는 것은 안전띠 덕분이 아니던가? 이야기는 이야기 안에서 갖출 수 있는 최대치의 즐거움을 가져가되, 그것이 실재하는 사람을 다치게 해서는 안 된다. 나는 그런 안전띠를 만들며 이야기라는 놀이기구를 만들고, 그것이 다 만들어지면 짜잔, 하고 개장한다. 사람들이 놀이기구를 탈 때부터 내가 할 수 있는 건 그저 놀이기구를 타게끔 유도하는 것뿐이다. "여기로 오세요, 여기 이것 좀 타 보세요(읽어 보세요)!" 하고 소리치면 사람들이 몰려든다. 평가는 놀이기구에 대한 감상이다.

사람마다 각자가 느끼는 재미와 공포의 역치가 다르다. 내게는 심심한 놀이기구가 누군가에게는 적당한 재미로, 누군가에게는 공포로 느껴질 수 있고 어떤 이는 그런 심심한 맛에 놀이기구를 탈 수도 있다. 기준이 전부 다르므로 그건 내가 어떻게 할 수 있는 부분이 아니다. 따뜻했다는 평도, 유치했다는 평도, 짜릿했다는 평도, 허무했다는 평도 각자의 역치가 다른 것이지 내가 상처받을 일이 아니다. 나는 그저 놀이기구가 잘 작동했는지, 피해는 없었는지만 살필 뿐이다. 없다면 안도를 느낀다. 그리고 또 다른 놀이기구를 만들기 위해 열심히 머릿속으로 이미지를 그린다. 이렇게 말하고 나니, 내가 정말 나만의 테마파크를 만들고 있다는 생각도 든다.

천선란

*

　그렇다면 전문가의 피드백은 어떨까? 내 글을 피드백 해 주는 전문가로는 편집자님과 PD님들이 있다. 우선 소설에 대한 피드백을 먼저 말하자면, 서사적인 측면에서 크게 방향을 바꿔야 하는 피드백은 아직 받은 적이 없다. 문단이나 문장, 단어의 작은 단위 혹은 이해가 가지 않는 부분에 문장이 추가되었으면 좋겠다는 정도였고, 편집자님의 의견은 대체로 전부 수용했다. 창작자가 보지 못한, 더 좋은 소설로 만들겠다는 의지를 가진 이의 시각에서만 보이는 문제점들은 분명히 있다.

　이와 다르게 시나리오 피드백은 서사와 구성, 대사에 대한 엄청난 피드백이 오고 가는데 가끔 내용 자체를 다 바꾸거나 모든 구성을 뒤바꿔야 하는 경우가 있다. 가끔 모든 걸 부정당하는 느낌이 들기도 한다. '이 이야기가 그렇게 별로인가?', '이렇게 가면 왜 안 되지?' 싶은 반감이 내 안에서 끊임없이 솟구치고, 도통 뭐가 맞는 건지 판단이 내려지지 않을 때도 있다. 시나리오 창작은 소설과 방법이 달라서 내가 알고 있던 방법들이 통하지 않기도 한다. 그러니 이럴 땐, 그 다름이 무엇인지 알 때까지 수정하고 뜯어고친다. 나는 B의 방향이 옳다고 믿지만 PD님은 C를 제안할 때, 그런데 내가 둘 중 무엇이 더 옳은 것인지 판단할 수 없을 때 나는 B와 C를 전부 한다. 그리고 결과물을 비교한다. 그렇게 두 배의 수고로움을 더하며 나아가는데, 이것은 내가 해 오던 것이 아니므로 어쩔 수가 없다. 소설가가 되기 위해 소설 하나를 시제, 1인칭 시점 인물, 사건, 플롯을 전부 뜯어고쳐 열 번 넘게 수정해 봤던 것처럼 시나리오도 내게는 지금 그래야만 하는 과정이다. 그리고 그렇게 두 가지 안을 전부 해 보면(슬프게도) 대개 PD님의 의견이 조금 더 좋다.

편집자님과 PD님은 이야기가 세상으로 나가기 전 내 이야기를 접하는 첫 번째 독자이자, 놀이기구의 탑승객이며 동시에 안전관리 요원 같다. 창작은 고독한 것이라던데, 물론 쓰는 행위 자체는 혼자 앉아서 하는 것이지만 실제로 작가가 되어 보니 외롭다기보다 즐겁고 설레는 일이 훨씬 많다. 무엇보다 옆에 바짝 붙

천선란

어 응원해 주는 편집자님, PD님을 만난다는 건 대단히 든든한 조력자를 만나게 되는 것과 같다. 나는 행운처럼 느낀다.

*

하루를 온전히 창작에만 몰두하면 좋겠지만, 작가의 삶을 유지하기 위해서는 행사가 필연적이다. 외부 행사를 통해 받는 수익이 생활에 도움이 되기도 하고, 행사를 뛸 때마다 아직 내 책을 읽지 않은 독자를 유입시킬 수 있기도 하다. 저자와의 만남이나 강연에 모든 사람이 내 책을 전부 읽고 오지는 않는다는 걸, 몇십 번의 행사를 통해 깨달았다. 출간 후 책의 독자들과의 만남이라 생각했던 행사들이, 실은 아직 내 책을 읽지 않은 예비(!) 독자들을 유입시킬 수 있는 행사인 셈이기도 했다.

실제로 행사에서 종종 듣는 말이 "아직 작가님의 책을 읽지는 못했는데, 오늘 말씀하시는 거 보고 읽어보고 싶어졌어요. 다음에는 꼭 읽고 올게요!"라는 말이다. 그러니 작가가 행사를 많이 할수록 유리한 건 이런 측면도 있다. 나는 외향적인 측면과 내향적인 측면을 모두 가지고 있는 편이라, 행사 중에는 외향성을 최대한 이끌어 즐겁게 마치고, 행사가 끝난 다음에는 배터리가 다 된 전자기기처럼 비실거리며 집으로 간다. 가끔 정해진 에너지를 행사에 몰아 쓰기 위해 행사 앞뒤로 누구와도 말하지 않을 때도 있다. 하지만 모든 마감은 행사를 고려하지 않은 채 정했으므로, 행사에 모든 에너지를 다 쓴 다음에도 글을 쓴다. 평소보다 느려 원하는 만큼 진도가 나가지 않더라도 일단 책상 앞에 앉는 편이다. 그날은 삶의 반복을 깨는 내 일상의 작은 이벤트이므로, 내가 '일을 하고 있다'는 감각을 평소보다 생생하게 느낀다. 이야기를 완성 시키는 과정에서 독자를 만나고, 글에 관한 이야기를 함께 나누는 시간이 얼마나 행복한가?

이야기를 만드는 것은 여전히 지극히 개인적인 욕망이며, 쓰지 않고서는 버틸 수 없어서 토해 내는 것에 가깝지만 내 여정을 누군가 함께하고 있다는 것을 목격할 때면 마음이 벅차다. 고맙다는 인사를 하고 싶다가도, 그게 부담이 될 것 같아 손을 무르기도 한다. 모든 여정을 무조건 동행해 주기를 바라는 욕심도 없다. 나는 언제나 이곳에 앉아 이야기를 짤 테니, 당신은 언제든 다른 곳을 마음껏 여행하다 이따금 생각나면 다시 이곳에 들러 주었으면. 그런 마음이다.

내 하루는 온통 이야기뿐이다. 여러 이야기들을 떠올리다 하루가 간다. 어쩌다 이렇게 종일 몽상하는 삶을 살게 된 것인지, 왜 이렇게 태어난 것인지 종종 궁금할 때가 있다. 이야기를 떠올릴 수 없었던, 안팎으로 힘들었던 20대 초중반에는 삶이 온통 무기력했던 기억이 난다. 현실의 즐거움이 내 안까지 침투하지 못해 모든 것이 흑백처럼 보였던 세상을 잠시 살았다. 그때 나를 꺼내 준 것이, 내가 다시 찾은 이야기다. 가끔은 나 스스로가 현실 도피자라 느껴질 때가 있다. 예전에는 그것이 현실 부적응처럼 느껴졌는데, 요즘에는 오히려 지치고 단조로운 현실에서 색다른 일을 떠올리는 내가, 그리고 그것을 이야기로 만들어 누군가에게 선물할 수 있는 내가 꽤 만족스럽다.

나는 어른이 되었지만, 여전히 숨어 사는 호랑이를 꿈꾼다. 장편소설 『밤에 찾아오는 구원자』에는 인간을 피해 숨어 사는 회색늑대가 나온다. 멸종되었다고 알려졌지만 회색늑대는 사실 인간이 찾을 수 없는 곳에서 살고 있을 뿐이다.

> 회색늑대들은 천천히 걸음을 옮겼다. 펑펑 내리는 눈이 회색늑대들의 발자국을 덮었다. 완다는 회색늑대들이 영원히 인간에게 들키지 않기를 바랐다. 회색늑대가 사라졌다고 인간들이 슬퍼하든 말든 회색늑대들끼리 이 세계 어딘가에서 잘 살고 있기를.
>
> ―『밤에 찾아오는 구원자』 195쪽

나는 사라졌다고 여겨지는 많은 동식물과 곤충들이 실은 좁은 인간의 시야 밖에서 살고 있다고 믿고 싶다. 지구에 사는 모든 것들이 먹을 것이 없어서, 발디딜 곳이 없어서, 살 수 없어서 생을 포기하는 일이 더는 일어나지 않았으면 하는 마음으로, 혹은 그들의

천선란

멸종이 그들로부터 철저하게 따돌림 당하는 인간의 외로운 시각이었으면 하는 마음으로 세상을 본다. 숨은 그들을 나만 목격하고 싶다는 이기적인 마음이다. 언젠가 보게 된다면 꼭 소설을 통해 이야기하겠다.

열린 결말

최진영

최진영

2006년 《실천문학》으로 등단했다. 소설집 『팽이』『겨울방학』『일주일』, 장편소설 『당신 옆을 스쳐간 그 소녀의 이름은』『끝나지 않는 노래』『나는 왜 죽지 않았는가』『해가 지는 곳으로』『이제야 언니에게』『내가 되는 꿈』, 경장편소설 『구의 증명』, 짧은 소설 『비상문』 등이 있다. 한겨레문학상, 신동엽문학상, 만해문학상, 백신애문학상을 수상했다.

외부 행사가 있거나 약속 때문에 외출하는 날을 제외하고 나의 일상은 거의 동일한 움직임과 속도로 흘러간다. 하루에 마시는 커피의 양과 화장실 가는 시간까지 비슷할 만큼. 그런 날들을 약 15년간 유지하며 살아가고 있다.

*

　2006년 첫 단편소설을 계간지에 발표했을 당시 나는 학원 강사였다. 오후 두 시부터 밤 아홉 시까지 초등학생에게 나눗셈을 가르치고 중학생에게 국어를 가르쳤다. 그것은 내가 '작가' 외에 가져 본 유일한 직업이다. 데뷔 후 지금까지 전업 작가로 살았다는 뜻이다. 프리랜서 작가는 일이 언제 끊길지 알 수 없고 수입이 불규칙하기 때문에 다른 일을 병행하는 경우가 많다고 들었다. 집이 부유하지도 않고 베스트셀러를 쓰지도 못했는데 나는 어떻게 전업 작가로 살아왔을까? 내가 살아온 날들이지만 선명하게 설명할 수가 없다. 나의 경우…… 원고료가 수입의 대부분을 차지했다. 생활비가 떨어지면 단기 글쓰기 강의를 했고 아주 가끔 상금을 받았다. 나는 나에게 있는 만큼만 쓰고 없을 때는 쓰지 않았다. 삼십 대 중반 넘어서까지 매일 돈 걱정을 했지만…… 출간한 책이 쌓이면서 어느 날부터는 조금씩 인세가 들어왔다. 원고 청탁도 차차 늘어 갔다. 과거의 내가 꾸준히 해 놓은 일이 현재의 나를 살리는 느낌이었다. '1만 시간의 법칙'이란 개념이 있고, 무슨 일이든 10년만 꾸준히 하면 결과가 나타난다고들 하고, 요즘은 '존버'라는 말이 있는데…… 나는 대체로 그런 주장에 수긍하는 편이다. 10년 전에는 그런 말들을 믿지 않았지만 이제는 믿지

최진영

않을 수가 없다. 더하여 운. 운의 영역 또한 부정할 수만은 없다. 부양할 가족과 목돈을 쓸 일이 없었다는 것만으로도 나는 운이 좋은 편이었다. 어쩌다 들어온 운을 계속 곁에 두기 위해서 내가 할 수 있는 일은 하나뿐이었다. 매일 글을 쓰는 것.

첫 단편소설을 발표한 후 원고 청탁은 없었다. 투고를 했지만 연락을 받지 못했다. 그래서 계속 글을 썼다. 그때는 퇴근 후에, 밤 열한 시부터 새벽 두 시까지 글을 썼다. 진한 커피를 가득 담은 컵을 들고 방에 들어와 책상 위 스탠드를 밝히고 노트북이 부팅되길 기다리는 동안 나는 다른 사람이 되는 것만 같았다. 아니, 원래의 나로 돌아오는 것만 같았다. 나는 어젯밤의 나를 확인하듯 글을 썼다. 카페인처럼 검고 고요하고 중독적인 밤이 징검다리처럼 이어졌다. 내가 밤마다 글을 쓴다는 사실을 아무도 몰랐다. 먼저 말하지 않았고 누구도 묻지 않았으니까. 그럼에도 나는 발각을 경계하는 스파이처럼 비밀리에 글을 썼다. 잠에서 깬 엄마가 화장실에 가는 소리가 들리면 나는 키보드를 두드리던 손을 멈췄다. 스탠드를 끄고 숨소리를 죽였다. 엄마가 다시 방으로 돌아갈 때까지 아무 소리도 내지 않고 가만히 있었다. 창밖의 마른 잎 떨어지는 소리에도 깜짝 놀라던 날들이었다. 지금은 그때의 나를 떠올리며 깜짝 놀라곤 한다. 계약도 청탁도 독자도 없이, 스물여섯 살의 나는 무슨 동기나 목적이 있어 밤마다 글을 썼을까? 어째서 그 시간에 취업에 필요한 자격증 공부나 토익 공부를 하지 않았을까? 스물여섯 살의 내가 '글 쓰는 밤'을 선택하지 않았다면 현재의 나는 다른 일을 하고 있을 것이다. 글쓰기 말고 내가 무슨 일을 할 수 있을까? 나는 그 가능성이 별로 궁금하지 않다.

나는 나를 좋아하지 않는 편이지만, 스스로 어리석고 한심하다고 생각할 때가 많지만, 글을 쓰고 책을 읽는 나는 좋아한다. 책과 가까운 존재여서 다행이라고 여기는 순간이 살아갈수록 많아진다. 하지만 스물여섯 살의 나는 그런 생각(글을 쓰고 있어서 다행이라는)을 하지 않았을 것이다. 글쓰기가 좋아서 밤마다 썼다기보다는 글을 쓰는 시간이 필요했기 때문에 썼을 것이다. 글 속에서 나는 분노하고 폭로하고 처벌했다. 만나고 믿고 사랑했다. 현실과 달리 소설 속의 나는 그런 것을 해냈다. 당시 나는 글을 쓰며 해방감을 취했지만 스스로를 작가라고 생각하지는 않았다. 그래서 꿈을 꿀 수 있었다. 첫 단편소설을 발표하고 2년이 지난 후에야 나는 작가가 되겠다고 마음먹었다.

'작가'라는 꿈을 이루기 위해 가장 먼저 한 일은 집을 떠난 것. 부모님과 같은 집에 살면서 낮 시간에 소설을 쓰고 있을 자신이 없었다. 당시 부모님은 '작가가 되겠다'는 꿈보다 '공무원 시험에 합격하겠다'는 꿈이 더 현실적이라고 여겼다. 그 생각에 반박할 방법이 없었기에 나는 계속 몰래 쓰는 편을 선택했다. 일단 집을 떠나자, 모아 둔 돈을 아껴 쓰면서 장편소설을 완성하자, 그것을 응모해 보자는 계획을 세웠다. 그리고 나는 정말 그렇게 했다. 3년 동안 세 편의 장편소설을 써서 응모했고 2010년에 한겨레문학상을 받아 첫 책을 냈다. (앞의 세 문장을 쓰고 나자 대뜸 용기가 난다. 과거의 내가 현재의 나에게 '너도 할 수 있어!'라고 말하는 것만 같다.) 지금까지 지속하고 있는 나의 하루

패턴 대부분은 그 3년 사이에 만들어졌다.

*

나는 잠자는 시간을 무척 좋아한다. '악몽에서 깨어나기 VS 악몽을 견디며 잠을 더 자기' 중에 후자를 선택할 만큼. 권장 수면 시간인 여덟 시간을 자지 못하면 스트레스를 받는 편이다. 아침마다 이불에 얼굴을 파묻고 비몽사몽 중에 생각한다. 이렇게 영영 잠만 자도 좋을 것 같아. 나는 영원히 잠을 잘 수 있을 것 같아. 그렇게 십여 분을 뭉그적거리다가 시계를 보면 여덟 시 사십 분에서 아홉 시 사이. 전날 과음을 하지 않았다면 그 시간에 일어난다.

대략 5년 전까지는 일어나자마자 커피를 내렸다. 직접 원두를 갈아서 하리오 드리퍼로 내린 따뜻한 커피를 마시며 삼십 분가량 웹 서핑을 했다. 그러다 위통을 얻었다. 엄청난 악력으로 위를 움켜쥐는 것처럼 욱신욱신 아프고, 토하고, 계속 토하고……. 아프면 당분간 커피를 끊었고, 회복하면 다시 마시고 또 아프

최진영

기를 반복했다. 그러다가 새벽에 응급실을 찾아갈 만큼 호되게 앓은 다음부터는 아침 공복의 커피를 홍삼 엑기스로 바꿨다.

몸의 통증 때문에 바꾼 습관이 하나 더 있다. 아침에 몸을 구부리고 앉아 웹 서핑을 하는 대신 운동을 하는 것. 삼십 대 후반부터 목과 어깨와 허리 통증이 심해졌다. 고개를 돌릴 때마다 목이 아프고, 팔을 들지 못할 정도로 왼쪽 어깨가 아프고, 나쁜 자세로 잠시라도 앉아 있으면 허리가 아픈 날들이 잦아졌다. 뭐라도 해야겠다는 절박감으로 아침 운동을 시작했다. 홍삼 엑기스를 먹은 다음 스트레칭과 코어 운동을 한다. 스트레칭을 할 때는 팔다리와 허리를 최대한 늘이면서 호흡에 집중한다. 스쿼트와 플랭크, 런지 위주로 코어 운동을 하고 라텍스 밴드를 사용하여 어깨 근육을 단련한다. 꾸준히 운동을 한다고 통증이 사라지는 건 아니고(지금도 왼쪽 어깨의 통증을 느끼면서 이 글을 쓰고 있다.) 운동을 하지 않으면 통증이 심해진다. 저녁의 피로를 덜기 위해서는 아침에 잠깐이나마 운동을 하는 편이 좋다. 운동 시간과 강도와 횟수를 더한다면 통증이 줄어들지 않을까 짐작하고, 언젠가는 더할 수밖에 없으리라 예상한다.

간단한 운동을 마치고 시계를 보면 대략 열 시. 물을 두어 모금 마시고 청소를 시작한다. 청소기로 먼지를 빨아들이고 물걸레로 바닥을 닦는다. 가전과 책상의 먼지를 털어 낸다. 보이지 않는 곳의 먼지까지 애써 찾아내지는 않지만 보이는 곳의 더러움은 최대한 제거하려고 한다. 생리통이나 위통이 심해서 몸을 움직이기 힘든 날에도 기어코 하고 우울감이 짙어 세상에서 내가 가장 비관적이고 외로운 사람처럼 느껴질 때도 거르지 않는다. 청소 강박증이 아닐까 의심할 때도 있지만 '그래도 이렇게 청소를 하겠다고 몸을 움직이는 걸 보면 우울증은 아닌가 보다'라고 생각하는 순간이 더 많다.

청소를 마친 후에는 세수를 하고 머리를 감는다. 이 또한 내가 아무리 아프고 우울해도 빠트리지 않는 일이며 '오늘도 이렇게 머리를 감고 있는 걸 보니 심각하게 우울한 건 아닌가 보다'라고 스스로를 진단하는 일과에 속한다. 머리를 감으며 자문할 때가 있다. 외출할 일도 없는데 굳이 매일 머리를 감을 필요는 없잖아? 샴푸를 사용하는 행위가 두피나 모발에 좋은 것 같지도 않고, 물과 에너지 낭비인 것도 같고, 환경을 생각하면 더더욱 자주 감지 않는 편이 옳겠지만…… 그런 생각 속에서도 나는 매일 머리를 감는다. 그러니까 청소하고 씻을 때 나의 목표는 '청결'보다는 '정해진 시간에 그 일을 하는 나를 확인하는 것'에 가깝고, 그런 확인은 나에게 안도감을 준다. 내가 정한 일을 빠트리지 않고 매일 하는 나에게서 얻는 힘이 있다. 마치 계단을 오르는 것처럼. 이 계단을 밟아야 저 계단에 오를 수 있고, 하나하나 밟고 올라가야 집에 닿는 과정처럼.

손톱이 길면 손톱을 깎는 것. 커피를 마신 후에는 컵을 씻는 것. 화장실의 휴지가 떨어지면 바로 채워 넣는 것. 세탁해 둔 수건을 다 사용하기 전에 빨래를 하는 것. 냉장고의 음식이 상하기 전에 먹거나 버리는 것. 두 손으로 들고 나갈 수 없을 만큼 쌓이기 전에 제

때 분리수거를 하는 것. 그런 사소한 행동을 지속하는 힘으로 일상은 굴러가고, 그것들을 미루지 않고 제대로 해내야만 글을 쓸 수 있는 환경을 지킬 수 있다. 저기 내가 처리해야 하는 쓰레기가 있고, 빨래가 있고, 설거짓거리가 있다. 나 아닌 누군가가, 이를테면 고양이 요정이 나타나서 그것들을 처리해 준다는 상상은 소설에서나 풀어낼 이야기이고, 고양이 요정이 무엇이든 처리해 주는 방식으로만 이야기가 굴러간다면 그 소설은 실패할 확률이 크다.

십여 년 전, 냉장고의 달걀 세 알을 일 년 넘게 방치한 적이 있다. 냉장고 문을 열 때마다 달걀을 확인했고 버려야 한다고 생각했고 버리지 않았다. 어느 날 마침내 달걀을 손에 쥐었다. 달걀은 아주 가벼웠다. 손에 힘을 줘 달걀을 깨트렸다. 달걀 속은 텅 비어 있었다. 속껍데기에 노른자의 흔적만이 아주 조금 남아 있을 뿐이었다. 메말라서 바스락거리는 달걀 껍데기를 들고서 혼란에 빠진 채 생각했다. 모두 어디로 간 걸까?

그 시절 나의 방은 엉망이었으며 생활은 어리석었

최진영

다. 나는 무기를 휘두르듯 소설을 썼고 그 무기에 내가 먼저 다치곤 했다. 나의 현실은 고양이 요정의 활약이 아니라 열역학 법칙과 질량보존의 법칙으로 움직인다. 무질서는 증가하고 없던 것은 생기지 않는다. 내가 해결하지 않은 것들은 그 자리에 존재하다가 형태를 바꿔 내 주변을 부유한다. 나는 달걀의 흰자와 노른자가 사라졌다고 생각할 수 없었다. 다른 형태로 변해서 나의 방을 떠도는 것만 같았다. 내가 내버려 둔 것, 외면한 것, 지키지 못한 것, 미래의 나에게 미루고 과거의 나에게 버린 것…… 현재의 나는 그런 것들에 둘러싸여 있으며 때로 나를 가격하는 우울감, 무력감, 좌절감, 낭패감, 비관적 사고 등의 기원은 바로 그런 것들에 있을 것이다. 나는 매일 닦아 내야 한다. 나는 내가 치워야 한다.

씻은 다음 밥을 먹는다. 삼십 대의 나는 라면, 편의점 도시락, 샌드위치, 김밥 등 간편하게 구입해서 바로 먹을 수 있는 음식으로 끼니를 때웠다. 사랑하는 사람과 같이 살면서 달라진 것 중 하나가 식단이다.

나의 연인은 요리를 좋아한다. 그리고 내가 무언가를 맛있게 먹고 배부르다고 말하는 순간을 좋아한다. 내가 아침 운동을 하고 청소를 하는 사이, 나의 연인은 요리를 한다. 세 종류의 반찬을 만들고 쌀과 현미와 콩을 섞어서 밥을 짓는다. 나는 그것을 맛있게 먹고 배부르다고 말한다. 그리고 설거지를 맡아서 한다.

설거지를 끝낸 뒤 핸드드립 커피를 마시면서 삼십 분가량 쉰다. 멍하게 앉아 쇼 프로를 보며 실없이 웃는다. 글쓰기를 시작하기 전에 머릿속을 비우는 시간. '생활하는 나'에서 '글 쓰는 나'로 가기 전의 경유지 같은 시간.

요리를 좋아하는 연인을 만나기 전에는 정오부터 글을 썼다. 음식을 차리고 치우는 데 시간을 덜 사용했으니까. 요즘은 오후 한 시부터 글을 쓴다. 커피 잔에 새로 커피를 채우고, 서버의 남은 커피를 텀블러에 담아서 나의 방으로 출근한다. 책상 앞에 앉아 노트북 전원을 켠다. 한글 창을 열기 전에 시 서너 편이나 에세이 한 꼭지 또는 단편소설 한 편을 읽는다. 타인의 글을 읽으며 감탄하고, 배우고, 부러워하다 보면 나의 글을 쓰고 싶다는 욕구에도 서서히 불이 들어온다. 계속 읽고 싶은 마음을 차곡차곡 접어서 주머니에 넣고 한글 창을 연다. 나의 글을 쓰기 시작한다.

　나의 글을 쓴다는 것은…… 잘 쓰고 싶다고 생각하는 것. 나는 왜 이렇게밖에 못 쓰나 자책하는 것. 한 글자도 쓰지 못한 상태로 계속 백스페이스키를 누르고 한 문장도 완성하지 못한 상태로 연거푸 엔터키를 누른다. 자료조사나 단어의 뜻을 확인하기 위해 인터넷 창을 열었다가 쓰고 있는 글과는 전혀 상관없지만 재미있으니까 계속 보고 싶은 게시판의 글이나 동영상을 홀린 듯 찾아다닌다. 그렇게 딴짓에 빠져 있다가 시간을 보고 깜짝 놀란다. 다시 한글 창으로 돌아온다. 몇 문장 써 본다. 백스페이스키를 길게 누른다. 의자에서 일어나 주위를 환기하는 강아지처럼 방을 맴돈다. 어떤 문장이 떠오른다. 다시 책상 앞에 앉는다. 문장을 쓴다. 이어서 쓴다. 커피를 마신다. 다시 쓴다.

의자에서 일어나 방을 맴돈다. 다시 앉아 뭐라도 써 보려고 애를 쓴다. 그런 과정을 반복하며 자유와 한계를 동시에 느낀다. 글을 쓴다는 것은…… 아무리 거듭해도 도무지 익숙해지지 않는 것.

글쓰기 습관을 몇 가지 적어 본다면, 일단 퇴고로 글쓰기를 시작한다. 어제 쓴 글을 퇴고하면서 오늘 쓸 내용을 궁리하는 편이다. 그래서 새로운 글을 시작할 때 가장 난감하다. 글을 쓸 때는 삼십 분 정도 집중력을 유지하는 것 같다. 삼십 분에 한 번씩은 자리에서 일어나거나 딴짓을 한다는 뜻이다. 글을 쓸 때는 음악을 듣지 않고, 글을 쓰다가 쉬는 시간에 보상처럼 좋아하는 음악을 찾아 듣는다. 커피와 물을 제외하고는 마시거나 먹지 않는다. 백색소음을 좋아하지 않는다. 가끔 분위기 전환을 위해 카페에 가서 작업해 볼 때도 있지만 대개 실패한다. 카페에서는 다른 사람의 말이 너무 잘 들려서 글쓰기에 집중할 수가 없다(하지만『이제야 언니에게』는 카페에서 썼다). 에어컨의 냉기를 좋아하지 않아서 여름에는 땀을 흘리면서 글을 쓴다. 외

최진영

풍이 있어야 머리가 맑아지는 편이어서 겨울에는 담요를 두르고 보온 주머니에 손을 데워 가며 글을 쓴다. 글이 잘 써진다고 느끼는 때는 거의 없다. 잘 써진다고 느낀다면 분명 뭔가가 잘못되는 중이라고 의심하는 편이다. 글이 안 써질 때는 도라에몽의 주머니를 뒤져 보는 심정으로 좋아하는 책들을 들춰 본다. 책상 왼편의 메모판을 멍하니 바라보기도 한다. 유명한 작가들의 아포리즘을 옮겨 적은 종이를 메모판에 여러 개 붙여 두었기 때문이다. 그들의 글귀는 언제나 나에게 힘을 준다. 그리고 또 글이 써지지 않을 때는 탁상 달력을 본다. 달력에 적어 놓은 '○○○ 마감'이란 글자는 언제나 나에게 긴장감을 준다. 핸드폰 메모장을 열어 볼 때도 있다. 과거의 내가 거기에 엄청난 보물을 묻어 두었을지도 모르니까. 때로는 책상을 정리한다. 연필을 깎고 만년필에 잉크를 채운다. 책상에 쌓아 둔 책을 하나하나 들춰 보고 모서리를 맞춰서 다시 쌓는다. 서랍을 열어서 내용물을 모두 꺼내 확인한 다음 차곡차곡 정리해서 넣는다. 그런 과정 속에 뭔가가 떠오를지도 모른다는 기대감으로. 창문을 열고 바깥

공기를 한껏 들이마시기도 하고 책상 밑에 몸을 웅크리고 누워서 일부러 나쁜 기억을 떠올리기도 한다. 안경을 열심히 닦기도 하고, 남은 커피가 있는데도 커피를 또 내리기도 하고, 뜬금없이 양치질을 하거나 껌을 씹을 때도 있다. 글이 잘 써지지 않을 때 할 수 있는 일은 아주 많다. 왜냐하면 글이 잘 써지지 않을 때가 아주 많기 때문이다.

내가 생각하는 가장 이상적인 작업량은 하루에 원고지 12매를 새로 쓰는 것. 다음 날 퇴고하면서 2~3매 정도를 덜어 내고, 그렇게 평균적으로 10매 정도의 원고를 매일 더할 수 있다면(일주일에 하루를 쉰다는 가정 아래) 단편소설의 초고를 완성하기까지 대략 보름이 걸릴 것이다. 그리고 보름 동안 초고를 퇴고한다면 한 달 안에(물론 작품을 구상하고 자료조사 하는 기간을 제외하고) 단편소설을 완성할 수 있을 것이다……. 이렇게 문장으로 쓰고 보니 그야말로 이상적인 계획이로구나……. 현실의 나는 하루에 원고지 8매도 겨우 쓴다. 퇴고할 때는 문장을 많이 덜어 내는 편이니까, 현실적으로 계획을 세운다면 '하루 원고지 6매 새로 쓰기'가 가장 적당할 것이다. 그렇게 목표 작업량을 수정한다면 매일 느끼는 자괴감도 덜 수 있지 않을까? '오늘도 부족했다'는 조급함 대신 '오늘의 일을 다 해냈다'는 개운한 성취감도 생길 것이고. 하지만 나는 아직 '하루 원고지 12매 새로 쓰기'라는 이상적인 계획을 포기할 수가 없다. 왜냐하면…… 나는 프로야구 구단 '한화 이글스'의 팬이다. 봄과 여름에는(월요일과 비 오는 날을 제외하고) 저녁마다 이글스의 경기를 본다. 프로야구 정규시즌을 보는 사람이라면 알겠지만 이글스는 패배하는 경기를 주로 한다. 안타깝게 지거나 어이없이 지는 날이 많다. 올해도 144경기 중 96경기를 졌다. 그러나 이글스의 젊은 선수들은 인터뷰 때마다 말한다. 승리를 목표로 한다고. 우승하겠다고. 질 거라는 생각으로 경기를 뛰진 않는다고. 프로야구 선수라면 당연히 한국시리즈 진출과 리그 1위를 목표로 삼을 것이다. 이글스의 선수들도 마찬가지다. 그와 비슷한 마음으로 나는 '하루 원고지 12매 새로 쓰기'를 포기할 수 없다. 이상적인 계획을 세우고 언젠가는 그것에 다다르리라는 희망을 품고서 살아가고 싶다. 어제는 졌지만 오늘은 이길 수도 있다. 10연패 다음에 1승을 할 수도 있다. 그리고 나는 정말 원고지 12매를 쓸 때가 있고 아주 가끔은 15매를 쓰기도 한다. 허무맹랑하고 불가능한 계획은 아니라는 뜻이다. 생활에서는 실현 가능한 목표를 세우는 편이지만(매일 청소하기처럼) 글쓰기에서만큼은 이상적인 목표를 추구하고 싶다. 그러는 것이 지속적인 글쓰기에 이롭다고, 아직은 믿고 있다.

해가 긴 여름에는 저녁 여섯 시, 해가 짧은 겨울에는 저녁 다섯 시에 퇴근한다. 겨울을 기준으로 삼는다면, 늦어도 다섯 시 삼십 분에는 글쓰기를 멈추고 방에서 나온다. 문장을 더 이어 쓰고 싶더라도 일단 자리에서 일어난다. 산책을 해야만 하니까. 산책은 나에게 글쓰기만큼 중요한 일이다.

폭우나 폭설이 쏟아지는 날을 제외하고 매일 저녁마다 한 시간 정도 걷는다. 걸으면서 노을을 본다. 단한 순간도 똑같지 않은 하늘을, 흘러가는 구름을, 아름다운 나무를, 피고 지는 꽃을 본다. 바람을 느낀다. 새 소리를 듣는다. 동네의 강아지들과 고양이들에게 인사한다. 지는 해를 보면서 지구의 자전을 생각한다. 계절마다 조금씩 달라지는 일몰의 방향을 보면서 지구의 공전을 실감한다. 정적인 내 방과 달리 바깥의 모든 것은 움직이고 있다. 소리 내고 이동하고 변한다. 나타나고 사라진다. 매일 저녁 산책하면서 나는 그것을 보고 듣는다. 세상의 움직임을 느낀다.

책상 앞에 앉아서 일을 할 때는 글을 제대로 쓰거나 쓰지 못하는 상태에만 집중하게 된다. 시야는 좁아지고 생각은 편협해져서, 내가 글을 제대로 쓰지 못하면 마치 큰일이 날 것만 같다. 산책을 하면서 깨닫는다. 방에서 내가 느낀 위기감이나 조급증이 얼마나 터무니없고 우스운 감정이었는지. 세상은 나의 일에 관심이 없다. 내가 글을 쓰지 못한다고 큰일이 날 리가 없다. 내가 글을 쓰지 못하면, 내가 글을 쓰지 못할 뿐이다. 그리고 다시 글을 쓸 수 있다면, 그것은 우선 나에게 다행한 일이다. 글을 쓰는 동안 품었던 착각과 과대망상을 오려 내는 것. 부풀어 오른 부담감의 바람을 빼고 글쓰기를 원래의 자리에 내려놓는 것. 글 쓰는 나와 일상의 나를 분리하는 것. 저녁 산책을 할 때 내 안에서 일어나는 일들이다.

강아지처럼 나는 매일 산책 시간을 기다린다. 걷다 보면 마음이 가벼워진다. 화가 날 때 팔다리를 크게 움직여 성큼성큼 걸으면 그만큼 감정이 줄어드는 것도 같다. 우울할 때 음악을 들으며 느릿느릿 걸으면 그만큼 감정이 옅어지는 것도 같다. 게다가 걷기는 허리 건강에 좋다. 하루 몫의 글을 쓴 뒤 운동화를 신고 밖으로 나서는 그 순간을 나는 매우 사랑한다.

산책을 마치고 집으로 돌아와 코어 운동을 십 분 정도 한다. 그리고 그날 쌓인 마음의 먼지를 모두 씻어 버린다는 기분으로 샤워한다. 잠옷을 입고, 텔레비전을 켜서 야구 중계 채널을 틀어 놓고, 봄과 여름에는 일인용 의자에 앉아서, 가을과 겨울에는 전기방석을 틀어 놓은 소파에 담요를 두르고 앉아서, 야구는 전혀 신경 쓰지 않고, 삼십 분가량 책을 읽는다. 하루 중 가장 평온함을 느끼는 시간이다. 가끔은 정말 행

최진영

복하다고 느낀다. 하지만 마감이 코앞에 있거나 그날 쓴 글이 부족하다는 생각이 가시지 않으면 그 시간에 다시 방으로 들어가 글을 쓴다. 산책을 하면서 생각의 환기가 일어났기 때문에 그 짧은 삼십 분 동안 새로 쓰는 글은 비교적 만족스럽고, 다음 날 수정하거나 삭제하는 부분이 별로 없는 편이다. 나는 선택해야 한다. 삼십 분간 평온하게 책을 읽으며 쉴 것인가, 새로 글을 써서 내일의 일을 조금이나마 덜 것인가. 요즘은 주로 후자를 선택한다. 읽고 싶은 책은 쌓여만 가고 나의 글은 한 발 나아간다. 하지만 더 멀리 나아가기 위해서는 그 시간에 책을 읽어야 한다고 생각한다. 쌓아 둔 책이 너무 많다.

저녁 여덟 시쯤 밥을 먹는다. 설거지를 마치고 밝은 천장 등을 끄고 노란빛의 스탠드 두 개를 켜면 밤 아홉 시. 밤에 밝은 등을 켜 두는 것을 좋아하지 않는다. 어두울 때는 나의 공간도 적당히 어두운 것이 좋다. 이제 하루를 마감할 시간이다. 소파에 앉아서 여름에는 맥주를, 겨울에는 와인을(때로는 위스키를) 마시며 아직 끝나지 않은 야구 경기를 본다. 그 시간이면 야구는 대체로 약속의 8회. 오늘도 지는구나, 생각할 때도 있고 오늘은 이겼구나, 기뻐할 때도 있다. 11월 중순이면 한국시리즈도 끝나고, 밤하늘에 별은 밝게 빛나고, 겨울은 근처에 있다. 홀짝홀짝 술을 마시면서 듣고 싶었던 노래를 찾아 듣는다. 문장을 신경 쓰지 않고 아무렇게나 생각나는 대로 막 써도 되는 일기를 쓴다. 옛 사진을 찾아보기도 한다. SNS로 타인의 안부를 확인하고, 수없이 봐서 특정 대사를 외우는 영화나 드라마를 다시 볼 때도 있다. 밤에는 소설을 써도 제대로 집중이 되지 않아서(문장은 지저분하고 감정 묘사는 넘치고 중언부언하는 경우가 많다.) 쫓기는 마음으로 일을 해도 소용이 없다. 다음 날 퇴고하면서 수정하거나 삭제하는 데 시간을 더 쓴다는 사실을 깨닫고는 밤의 글쓰기를 멀리하는 편이다. 밤 열 시부터 자정까지는 익숙한 것들에 파묻히는 시간. 새로운 자극을 멀리하면서 긴장의 전원을 서서히 내리는 시간. 자의식을 잠재워 어두운 방에 눕혀 두고 좋아하는 것을 마음껏 좋아하는 시간. 그때 나는 행복하지 않다. 만족스럽지

최진영

않다. 오늘을 반성하거나 내일을 걱정하지 않는다. 그런 감정이나 자각조차 멀리하려고 애쓴다. 깊은 밤 잠들기 전 나는 아무도 아니고 아무렇지도 않길 원하므로, 가장 많이 울고 웃는다.

*

지난 시간을 돌이켜 보면 나의 글쓰기 흐름을 다음과 같이 정리할 수 있을 것 같다. 오후에 능률이 가장 좋다. 10년 넘는 시간 동안 그 시간에 글을 썼기 때문이다. 아무리 컨디션이 좋지 않아도 정오가 지나면 뇌는 저절로 일을 하려고 한다. 장편소설은 2년에 한 권, 소설집은 6년에 한 권 출간한다. 여름에는 글쓰기 작업보다 외부 행사가 많은 편이다. 겨울에는 주로 장편소설을 쓴다. 에세이 작업보다 소설 작업을, 단편소설 작업보다 장편소설 작업을 선호한다. 1인칭 시점과 어린아이 화자를 쓸 때 가장 자유롭다고 느낀다. 쓰고 싶은 소설과 쓸 수 있는 소설의 간극이 큰 편이다. 글이 제대로 풀리지 않더라도 어떻게든 붙잡고 포기하지 않으면 결말까지 닿을 수는 있고, 그런 글일수록 만족도는 낮다. 가장 막힘없이 단숨에 쓴 글은 『구의 증명』, 가장 주저하면서 아껴 쓴 글은 『이제야 언니에게』, 가장 부담 없이 자유롭게 쓴 글은 『내가 되는 꿈』인 것 같다.

적어도 일 년 쯤은 아무것도 쓰지 않고 책만 읽고 싶다. 언젠가는 그런 시간을 보낼 것이다. 그리고 되도록 오랫동안 글을 쓰고 싶다. 몇 년 전까지만 해도 박수칠 때 떠나고 싶었지만…… 이제는 글을 쓰지 못할 날을 상상하면 두렵다. 글쓰기는 완전한 나의 일이 되어 버렸고, 그것을 잃으면 하루하루 버티기 힘들 것만 같다. 나의 글을 읽어 주는 사람이 단 열 명이라도 존재한다면, 그리고 나에게 쓰고 싶은 문장이 남아 있다면, 고요하고 적당한 어둠 속에서 꾸준히 쓰고 싶다. 물론 출판사에서는 열 명만 읽을 책을 출간해 주진 않겠지……. 그럼 블로그를 만들어서라도 어쨌든 무엇이든 계속 쓰고 싶다. 마치 이십 대의 나처럼. 아무도 읽지 않을 것만 같은 글을 밤마다 써서 블로그에 업데이트하던 그 시절의 나에게는 어떤 목표도 동기도 없었다. 다만 그 시간이 필요했다. 글 속에 숨는 방법으로 해방감을 느꼈던 그 시간은, 돌이켜 보면, 언제나 필요했다. 십 년 후의 나도 이십 년 후의 나도 그 시간을 원한다면 좋겠다. 과거의 내가 했던 일들에 현재의 내가 용기를 얻는 것처럼, 현재의 내가 미래의 나를 도울 수 있길 바란다. 타인이나 환경이 아닌 바로 나의 의지가 나를 붙잡고, 부추기고, 멈출 수 있기를. OPEN 팻말을 스스로 내걸었듯 CLOSE 팻말도 내 손으로 걸고 싶다. 그리고 절대 돌아보지 않기를. 나는 어디까지 왔을까? 나에게 남은 시간은 얼마나 될까? 나는 무엇을 더 쓸 수 있을까? 아무것도 알 수 없으므로 나는 매일 쓴다.

*

이불에 얼굴을 파묻고 생각한다.

이렇게 영영 잠만 자도 좋을 것 같아. 나는 영원히 잠을 잘 수 있을 것 같아.

십여 분을 뭉그적거리다가 시계를 본다.

밤은 지구 반대편으로 가 버렸다.

더 자고 싶은 마음을 꼬깃꼬깃 접어 방구석에 던지고 몸을 일으킨다.

오늘을 시작한다.

최진영